新潮文庫

君と漕ぐ4

ながとろ高校カヌー部の栄光

武田綾乃著

新潮社版

11499

プロローグ 9
第一章 一人より二人、二人より四人 15
第二章 ハロー、私の最大の敵 53
第三章 そこにいるのは推しか、好敵手か 91
第四章 急募、バズる入部動機 129
第五章 だから私は私が好きだ 171
第六章 グッバイ、私の最大の敵 223

登場人物紹介

湧《ゆう》別《べつ》恵《え》梨《り》香《か》
天才カヌー少女。
蘭子にスカウトされる。
利《と》根《ね》蘭《らん》子《こ》
“孤高の女王”の異名を
持つスター選手。
鶴《つる》見《み》希《き》衣《え》
カヌー部部長。
高みを目指す努力家。

天《てん》神《じん》千《ち》帆《ほ》
カヌー部副部長。
希衣とは幼なじみ。
土《ど》器《き》富《とみ》歌《か》
カヌー部の新入生。
運動は苦手。
黒《くろ》部《べ》舞《まい》奈《な》
天真爛漫な性格。
カヌーは初心者。

君と漕ぐ

ながとろ高校カヌー部の栄光

4

プロローグ

水上に浮かんだ赤のペア艇。そのコックピットの前の席に乗り込むと、目線は水面《すいめん》にぐっと近付く。鼻腔《びこう》を膨らませ、千帆《ちほ》は思い切り息を吸い込んだ。柔軟剤を入れ過ぎたせいか、希衣《きえ》と揃《そろ》いのユニフォームは普段よりも香りが強かった。甘ったるい、フローラルの香り。

ガタン、と軽く船体が揺れる。後ろに希衣が乗り込んだのだ。小学生の頃から何度も繰り返し行ってきた行動のはずなのに、身体《からだ》が勝手に違和感を拾った。深緑色の水面に、真っ赤なカヌーの船体が映る。

「いける？」

「うん」

問い掛けられ、千帆はピンク色のキャップを被《かぶ》り直す。両手に握ったパドルが何故《なぜ》だか普段よりも重く感じられた。肺の内側が凍り付くような不快感を誤魔化すように、千帆はわざと目線を上げた。否《いや》が応でも目に入る、大会名の書かれた白の看板。

『文部科学大臣杯　日本カヌースプリントジュニア選手権大会』

出場できるのは条件のタイムを満たした中学二年生から高校三年生の五学年の選手だ。千帆と希衣は中学生の時に二度参加していて、去年、高校一年生だった時もペアで参加した。この大会が特別なのは、学校による縛りがないことだ。都道府県をまたいでペアやフォアを組むことができる。――先ほどの、恵梨香《えりか》と蘭子《らんこ》のように。

「なんか懐《なつ》かしい」と後ろの席で希衣が笑う気配がした。その穏やかな声に同じ温度で応じたいのに、喉《のど》奥がひりつくような感覚がある。

　八月の日差しが千帆と希衣をすっぽりと包み込んでいる。暖かいを通り越して、暑い。水上には光を遮るものなどなにもないから、真っ白な光が真《ま》っ直《す》ぐな形を保ったまま千帆の頭上へと降り注ぐ。黒のパドルはあっという間に熱を吸収し、それを握る両手の指先は強張《こわば》ったように痺《しび》れていた。

　ドクンドクン、と心臓がゆっくりと血を全身に送り出す。聞こえる音が次第にくぐもり、自分と世界とが水の膜で阻《はば》まれたかのようだった。「んんっ」と咳払《せきばら》いした千帆に、希衣が「気ぃ緩めてるワケ？」とどこか挑発的に告げる。その声すらこもって聞こえて不愉快だった。

「そんなことないよ。希衣と久しぶりに乗るからむしろ緊張してる」

「千帆が緊張？　ないない。小学生の頃から乗ってるけどそんなとこ見たことない」

「あはは、バレちゃった」

繕った笑い声も、自分の声も、きっと普段通りなのだろう。希衣が追及しないということはそういうことだ。千帆は、自分が何かを誤魔化すことに長《た》けているのを知っている。

天神《てんじん》千帆は緊張を知らない。小学生の時にコーチが自慢げにそう自分のことを話していたのを覚えている。そしてその評価を、千帆は今の今まで正しいと思っていた。

どんなレースでも千帆は緊張なんてしなかった。スタンバイして、発艇して、ゴールする。ただそれだけの作業を行えばいいだけだと分かっていたから。

希衣がパドルを動かす度に、平べったいブレードが水を掻《か》く音が響く。スタンバイ位置まで移動している間に何組もの選手とすれ違った。見知った顔もいれば、初めての顔もいた。中学生の体躯《たいく》は高校生に比べるとまだまだ出来上がっておらず、その身体つきは未成熟だった。中学時代の自分達もそう思われていたのだろうか、と千帆は軽く目を細める。

「さっきの子ら、中学生だよね」

同じことを考えていたのか、希衣の声が微《かす》かに上擦った。気分が高揚しているのだろう。艇が傾いたことを察知し、千帆は感覚的に身体を動かす。それだけで、艇はすぐに安定を取り戻す。

「私たちもあの時は燃えてたよね。高校生に勝つぞって」

「『あの時は』ってなに。今も燃えてるし。大体、中学生でもそんじょそこらの奴《やつ》には負けなかったでしょ、私ら」

「ふふ、そうだね」

「せっかくの復活なんだから、私らが変わらずやれるってとこ見せてやろうよ」

本番前の希衣は、どこか挑戦的な物言いになる。隠し切れない闘志が声の端々に滲《にじ》み出ていて、千帆はそれをどこか懐かしい思いで聞いていた。耳がこんな状態でなければもっとクリアに声が聞こえているのかと思うと口惜《くや》しかった。

――ねぇ、希衣。

パドルを動かしながら、千帆は心の中だけで長年相棒を務めていた相手へと語り掛ける。

――変わらずやれるって、私も思ってた。だけどそうじゃなかったみたい。

先ほどから、心臓の鼓動が騒がしいのだ。昔の自分はこうじゃなかった。こんな風にドキドキしたり、息を吐く度に唇が震えたりしなかった。馬鹿《ばか》みたいだな、と強張る指先をほぐしながら思う。自分は一体、何を恐れているのだろう。

「はー、ワクワクしてきた」

わざとブレードを水面に叩《たた》きつける希衣に、千帆は肩を竦《すく》めて言ってやる。

「そういうとこ、変わってないね」

「そう？　千帆の前だからだよ」

屈託のない答えが返って来て、千帆は反射的に口を噤《つぐ》んだ。俯《うつむ》くと、一瞬だけフィルターのような音のこもりが消える。クリアになった聴覚が、水の動く音を明瞭《めいりょう》に捉《とら》えた。

その音に混じる希衣の台詞《せりふ》も。

「私、湧別《ゆうべつ》さん達に勝ちたい」

それが無謀な願いであることぐらい、希衣にも千帆にも分かっていた。だけど否定する気にはなれなくて、千帆は「うん」と短く応じた。目頭に熱が集まって来て、それを隠すように瞬《まばた》きした。緊張だけでは誤魔化し切れない寂寥《せきりょう》が、胸の内側でぽつんと一人佇《たたず》んでいる。

先ほどの希衣の台詞。その主語が「私」であることが、彼女が昔と変わった証《あかし》だと千帆はとっくに気が付いていた。

第一章

一人より二人、二人より四人

side　舞奈

耳が水に浸《つ》かった瞬間、世界の全《すべ》てが遠ざかる。僅《わず》かに開いた口から気泡が漏れ、水を吸ったＴシャツが肌へと纏《まと》わりつく。分厚い水の膜を打ち破るように水面から顔を出そうとすると、ざばりと水が持ち上がる音がした。「はっ」と勢いよく吐き出した息が、伸ばした腕にぶつかる。

　日差しを遮るものが無くなった途端、直射日光が舞奈《まいな》の顔面に降り注いだ。

「舞奈ちゃん、大丈夫？」

　青色のカヌー艇が静かに近付き、犬掻《いぬか》きする舞奈の前で止まる。こちらを覗《のぞ》き込んでいるのは舞奈の一つ上の先輩である、天神千帆だった。その目がついと動き、ひっくり返ってしまったシングル艇に向けられる。先ほどまで舞奈を乗せていた艇だ。

　水面にプカプカと漂うパドルを摑《つか》み、舞奈はもう片方の腕を伸ばして艇を引き寄せる。

「とりあえず、水を抜こっか」

　その言葉に、舞奈はカヌーにしがみつきながら笑った。舞奈の新人大会まで、残り三日となっていた。

　舞奈の通っているながとろ高校は埼玉県秩父《ちちぶ》郡長瀞町《ながとろまち》にある私立高校だ。普通科の他に農学科があるのが特徴で、敷地内で野菜なども育てている。近くには荒川が流れており、よくカヌー部員達が練習に利用している。そして黒部《くろべ》舞奈もまた、現在部員四名のながとろ高校カヌー部の一員だった。

「あー、本番でも落水しちゃいそうです」

　堤防に敷かれたレジャーシートの上に腰を下ろし、舞奈は大きく息を吐《つ》いた。舞奈が先ほどまで乗っていたカヌーは現在、ウマと呼ばれるスタンドの上に置かれている。本日二度目の落水を見兼ねた千帆が「休憩にしようか」と声を掛けてくれたのだ。

「沈《ちん》しちゃうのは仕方ないよ、プロの選手だって本番でやらかすことも多いんだから」

　そう微笑みながら、隣に座る千帆が紙コップを差し出してきた。千帆は現在二年生、カヌー部の副部長を務める。他に農園部にも所属しており、よく美味《おい》しいお菓子を作って差し入れしてくれる。

「新人大会の場合はよく落ちるから今週末のレースは気負わずにね」

「仲間がいると思えば落ち着きます。文部科学大臣杯を見た後だと、やっぱりちょっと気後れしちゃって」

「あー……あれは凄《すご》かったからね」

「異次元でした、色々と」

受け取った紙コップには、冷えたハーブティーが入っていた。口に含むと、レモングラスの爽《さわ》やかな香りが鼻奥に抜けていく。紙コップの中身を一気に飲み干した舞奈に、千帆はお代わりを注いでくれた。

昨日、八月二十二日まで千帆たちが出場していた文部科学大臣杯は八月十七日から行われた。会場は関東大会の会場でもある山梨県の精進湖《しょうじこ》だった。参加するのに条件タイムがあるこの大会には経験者が多く集う。学校という縛りがないため、所属しているスポーツクラブから参加する選手や他校の人間と組む選手も珍しくない。

「行ってくる」とこちらに手を振っていた鶴見《つるみ》希衣の姿を思い出し、舞奈はハーブティーで濡《ぬ》れた唇を舌先でチロリと舐《な》めた。

希衣は千帆と同じ二年生だ。ながとろ高校にカヌー部を立ち上げ、そのまま部長に就任した。千帆と希衣は小学生の頃に地元のカヌークラブに入り、ずっと二人でペアを組んでいた。文部科学大臣杯でも希衣と千帆はペアで参加した。

そんな二人だが、シングルではライバル同士だ。先日のシングルのレースでは千帆の方がタイムが速く、そしてその千帆よりも更に速かったのが舞奈と同じ一年生である湧別恵梨香だった。

「恵梨香ちゃんは本当に凄いよ」

そう笑いながら、千帆が両腕を天に突き上げるようにして伸びをする。

恵梨香は舞奈の自慢の友達だ。背が高く、手が大きく、脚が長い。カヌーを始めたのは小学生の頃だが、部活に入ったのは高校生になってからだ。この夏のインターハイ、文部科学大臣杯ではシングルで共に二位。さらに、文部科学大臣杯のペアでは一位という成績を残した。

彼女はスター選手だ。いや、正しくは彼女達と言うべきか。口の中に残るハーブティーの味を辿《たど》るように、舞奈は自身の舌を使って歯列を撫《な》でる。風味は爽やかで、なのにどこか苦みが残る。

あの日、千帆が飲ませてくれたハーブティーも同じような味をしていた。

文部科学大臣杯の会場には顧問の檜原《ひのはら》が運転するワゴン車で行った。宿泊施設は以前に関東大会で使用したのと同じで、舞奈の役割といえば専《もっぱ》ら選手の補佐だった。文部科学大臣杯はインターハイとはまた違った雰囲気で、中学生が高校生に混じっているのが目に付いた。

中学生の頃から大会に参加している千帆と希衣は常連の風格を漂わせ、顔見知りの他校の生徒に気安く手を振っていた。クラブチームで参加している集団と学校の部活で参加している集団ではどこか纏う雰囲気が違い、それがまた舞奈の好奇心を刺激する。部活とカヌークラブの両方に所属している選手は多く、時と場合によって上手《うま》く使い分けるらしい。

「今年は台風が来なくて良かったよね」

前を歩く希衣がほっとしたように言う。四人は足を止めないため、必然的に歩きながらの会話となる。

精進湖からは富士山が見えるはずなのだが、今日は曇りのせいで空の向こう側が上手く見通せない。夏だというのにひんやりとした冷気が舞奈の頬を撫でていく。湖は一見すると穏やかだが、風が吹く度にその表面が大きく波打っている。岸から見ても分かるのだから、レースにだって影響が出るだろう。

三人に置いて行かれないように気を付けながら、舞奈は後ろから問いかける。

「台風が来たらどうなるんですか？」

「最悪の場合、中止だね。湖に入るのが危険な状態でレースなんて出来ないから。あとは日程にもよる。カヌーレースは２００ｍと５００ｍがあって四日間で二日ずつ分けてやるんだけど、前は後半の２００ｍレースだけが中止になったこともあったよ」

「埼玉県大会や関東大会は５００ｍのレースだけなんですよね。２００ｍをやらない理由ってあるんですか？　インハイだと２００ｍのレースもちゃんとあるのに」

「シンプルに時間がないからだろうね。色々と準備が大変だし、何日もかけて大会を開催するのは参加する側も開催する側も厳しいんだと思うよ」

「な、なるほど」

だから新人大会も開催日が一日だけなのか、と舞奈は納得した。確かに、長期休暇の間でもない限り数日間にわたって大会を行うことは難しいのだろう。

「そういえば舞奈ちゃん、宿題は終わった？」

そう言ってこちらを振り返る千帆に、舞奈はぎくりと肩を揺らした。

「四分の三は終わりました、多分」

「正直に言うと？」

「……半分くらいです」

「あはは、帰ったら頑張らないとね。新人大会までには終わらせないと」

「ひえー、終わるかなぁ」

舞奈の初舞台となる埼玉県の新人大会は八月二十六日に行われる。二十七日には二学期の始業式があるから、夏休み最後のビッグイベントだ。舞奈はシングル、ペア、フォアの三部門に出場する。ペアの相手は二年生の千帆だ。

これまでの大会では、希衣と恵梨香がペアを組んでいた。ながとろ高校カヌー部には経験者の部員は三人しかおらず、二人が組めば必然的に千帆はシングルに絞ることになる。だが、文部科学大臣杯では希衣と千帆が久しぶりにペアを組んだ。その理由は、恵梨香が他校の選手とペアを組んだからだった。

「お、ようやく来たか。恵梨香ちゃん、こっちこっち」

会場の一角、大会本部のテント前でその人物は大きく腕を振っていた。影を引き連れた彼女の腕は、スラリとしていてとにかく長い。東京都にあるカヌーの名門校、蛇崩《じゃくずれ》学園高校。そのエースである利根《とね》蘭子が、こちらに向かって不敵に微笑む。

孤高の女王。畏怖《いふ》と尊敬の念を込め、皆が彼女をそう呼んだ。

「うちも一緒にそっちのワゴン車に乗って来たかったのに、コーチが高校でバス出す言うから無理やってんなぁ。ケチんぼや思わん？」

大袈裟《おおげさ》に顔をしかめ、蘭子は恵梨香の肩に腕を回した。近付いた距離に恵梨香がぎくりと身体《からだ》を強張《こわば》らせる。

「蘭子さん、近いです」

「え？　もっと近付いたろか」

ぎゅーと言いながら、蘭子が手に力を込めた。狼狽《うろた》える恵梨香を面白がっている。

「ちょっと、人の後輩を勝手に誑《たぶら》かさないでよ」

呆《あき》れたような吐息と共に、希衣が蘭子を軽く睨《にら》みつける。だが、身長差のせいで喧嘩《けんか》には見えない。一六〇センチを超える希衣は女子にしては高身長の部類なのだが、蘭子と恵梨香が長身すぎるのだ。恵梨香に至っては入学時よりも更に背が伸びた気がする。

「人の後輩って言うけど、今日はうちの相棒やからさ。うちと恵梨香ちゃんが組んだらここらへんにおる奴《やつ》らなんて敵ちゃうで」

「確かに、反論できない」

渋面のまま肯定する希衣に、千帆が「そういうとこは素直だよね」と苦笑する。蘭子の言葉通り、今日の大会での二人の下馬評はとんでもないことになっていた。去年のインターハイ後からずっとシングル以外に出場しないと言い張っていた蘭子と、クラブや中学の部活の所属経験がないままに突如としてカヌー大会に現れ上位をかっさらっていった恵梨香だ。二人は今年のインターハイのシングルレースで一位と二位だった。注目されないはずがない。

「どんなタイムでも落水したらオシマイですけどね」と恵梨香が冷静な口調で言った。

「えー？　うちらが落ちるとかありえるか？」

「三〇パーセントくらいならありえると思ってます」

「アッハッハ、恵梨香ちゃんは心配性やなぁ」

明るい笑い声が会場全体に響き渡る。近場にいる選手たちは「利根蘭子だ……」とざわついているが、遠巻きに眺めるだけで話し掛けようとはしなかった。

舞奈達と同じ様に高校生の中に紛れているが、利根蘭子は世界で活躍するスター選手だ。U《アンダー》23の世界選手権に日本代表として出場しており、オリンピックではメダルの獲得が期待されている。

「降水確率が三〇パーセントなら絶対に傘を持って行くけど」と希衣が拗《す》ねたように呟《つぶや》いているが、彼女のように蘭子に気軽に話しかけられる人間の方が珍しいのかもしれない。蘭子とは千帆も希衣も小学生の頃からカヌー大会で顔見知りだったというから、その影響もありそうだ。

　恵梨香の肩に回していた腕を外し、蘭子が姿勢を正す。日に焼けた人差し指の先で千帆と希衣を交互に指さし、彼女は愉快気に鼻を鳴らした。

「それにしても、久しぶりのコンビ復活やん。千帆ちゃんが本気でやってるの長いこと見てへんかったし嬉《うれ》しいわぁ」

「私はいつも真剣だよ？　蘭子ちゃんには違って見えるかもしれないけど」

「じゃあ、うちの目が節穴なだけかもしれへんなぁ。そこの鶴見ちゃんと違って千帆ちゃんは奥ゆかしいから分かりにくいねん」

「なんで急に私をディスるの」

　眉間《みけん》に皺《しわ》を寄せる希衣に、「ディスってへんって」と蘭子は半笑いで言い返した。挑発なのかコミュニケーションの一環なのか、舞奈には判断し辛《づら》い。傍らにいる恵梨香も困惑した様子で蘭子と希衣を交互に見遣《みや》っている。視線を受けた蘭子がにこりと笑みを深くした。

「それじゃ、与太話はここまでにして乗艇しよか。行くで、恵梨香ちゃん」

「あ、はい」

恵梨香はこちらに向かって軽く会釈《えしゃく》し、歩き出した蘭子の背を追いかけた。この大会では恵梨香は蘭子の所属するクラブチームと共に行動することになっている。宿泊施設は同じだが、練習の間は別行動だ。

「私たちも準備しないとね」

後ろに手を組み、千帆が僅かに身体を傾ける。二つに束ねられた柔らかな髪が千帆の両肩に垂れ下がっていた。

ポニーテールの毛先を指に巻き付け、希衣は唇を尖《とが》らせる。

「利根蘭子って、ホントムカつく」

「でも嫌いじゃないんでしょ？」

「だって、あの子は本物だから」

「何が本物なの？」

「才能と努力」

そう言い切る希衣に、千帆は微《かす》かに目を細めた。千帆の小指の先が唇の端から端を辿る。桜貝を思わせる小さな爪《つめ》が陽の光を浴びて煌《きら》めいた。

「じゃ、希衣も本物じゃない？」

「プレッシャーかけてんの？」

「本心だって」

「私は、」

そこまで言って、希衣は口を噤《つぐ》んだ。何かを振り払うように彼女は軽く頭を揺らした。

「いや、せっかく千帆と二人で乗るんだからこういうの止《や》めよう。純粋にレースを楽しみたいし、良い結果を残したい。後輩も見てるワケだし」

「そうだね。舞奈ちゃん、応援お願いね」

「はい！　任せてください」

拳《こぶし》を握り締め、舞奈は力強く頷《うなず》く。ペアを解消していた千帆と希衣が再び同じ舟に乗るのだ、応援しないわけがない。

「一番大きい声出しますね、他のチームに負けないように」

「お、良い心意気じゃん」

愉快そうに、希衣が白い歯を露《あら》わにして笑う。高揚を隠しきれない希衣の態度を見て、舞奈は自分の気分がますます弾んでいくのが分かった。舞奈は人が喜んでいるところを見るのが好きだ。だからこの大会が皆にとって良いものになることを願っていた。そう、心の底から願っていたのだけれど——

「さすがにこれは良すぎだなぁ」

双眼鏡を首に掛けたまま、舞奈はタイムボード前で大騒ぎしている大人たちの集団を遠巻きに眺める。彼らだけではない、この場にいる多くの人間が興奮を隠せず口早に先ほどのレースの感想を語り合っている。

ＷＫ－２の５００ｍ予選。その第一レースが終わった途端、会場は大きくどよめいた。その理由は、恵梨香と蘭子が一位になったからではない。二人が叩《たた》き出したタイムがあまりに圧倒的だったからだ。

１分47秒２０３

アナウンスされたタイムが持つ価値を舞奈は理解できなかった。二位との差が十五秒以上あるからとても速いんだろうということは分かっていたけれど。

「マジかよ、去年の優勝タイム2分00秒だぜ」

「このタイムだったらオリンピックの決勝レース出られるだろ。ってか、アイツら即席ペアだろ？　やば」

「さすが利根蘭子、化け物が化け物を連れて来たな」

近くにいる男子生徒が興奮したように捲《まく》し立てている。小耳に挟んだ情報から、舞奈はあの二人がとんでもなく凄いことを成し遂げたことを知った。

予選レースを終えた恵梨香と蘭子が陸に上がる。二人は部活の仲間がいる場所に向かおうとしたのだけれど、あっという間に大人たちに囲まれてしまった。恵梨香はレースが終わったら舞奈からタオルを受け取ることになっていたが、この様子だと近付くことすら難しいだろう。

その次のレースに出場していた千帆と希衣が戻って来ても、蘭子と恵梨香はまだ大人たちと小難しそうな話をしていた。

「さっきのレース、あの二人のタイムどうだったの」

蛍光ピンクのキャップを被《かぶ》り直し、希衣はながとろ高校用に設置されたシートの上に座り込んだ。その傍らにいた千帆は先ほどから二つに束ねた黒髪の毛先を人差し指で弄《もてあそ》んでいた。心ここにあらずというか、千帆にしては珍しい態度だった。

「1分47秒だったみたいです」

「は？　凄すぎじゃん」

「やっぱり凄いんですか？　周りの人たちも大騒ぎで」

「だろうね。あー……そのタイムを出した時点で結果出してるから、決勝レースで沈しちゃっても問題ないだろうね。湧別さん、強化選手に絶対選ばれる」

片膝《かたひざ》を立て、希衣はそこに頬杖《ほおづえ》をついた。キャップから零《こぼ》れた黒髪は飛沫《しぶき》のせいでうっすらと濡れていた。

「強化選手って、所謂《いわゆる》日本代表候補って奴ですよね」

舞奈の問いに、希衣はあっさりと首を縦に振る。

「そうそう。利根蘭子は既にそうだし、自分のクラブチームにそのまま湧別さんを引き抜くつもりなんでしょ」

「えっ、それってどうなるんです？」

「別に、特に何も変わらないよ。ながとろ高校カヌー部に所属したまま色々やるってだけ。変化としては、海外の大会に出たりするようになることぐらいじゃない」

「海外……」

聞き慣れた、しかし身近なものとは言い難い言葉だ。唇をすぼめた舞奈の肩を傍らにいた千帆がそっと叩く。

「まぁまぁ、恵梨香ちゃんが戻って来るまで休憩しよう」

紙コップを配り、千帆が慣れた手つきでアイスティーを注ぐ。クリアボトルの水筒に入っているのはティーバッグではなく、緑色の葉っぱだった。透明な水はライムグリーンに色づき、千帆が水筒を傾ける度にその色を濃くしている。

「ハーブだよ」

舞奈の視線に気付き、千帆が中を見せるようにボトルを揺らした。

「こうやって淹《い》れると美味しいの」

「お茶よりスポドリの方が良くない？」

「じゃあ希衣は飲まないの？」

「飲むけど」

希衣は素っ気なくそう言って、紙コップの中身を一気に呷《あお》った。それに倣《なら》い、舞奈も紙コップの中身を舐めるようにして飲む。えぐみはほとんどなく、ツンと刺激的な香りが口内に広がった。

「美味しいでしょ」と千帆がこちらに微笑みかける。その横に座る希衣の身体は、千帆が少し身を捩《よじ》るだけで簡単に影に呑《の》み込まれる場所にある。それでも千帆は自分の影を希衣に重ねようとはしないし、希衣もまた眩《まぶ》しさから逃れるために彼女の影を追い掛けようとはしなかった。

「とっても」

そう答えた舞奈に、千帆が満足そうな面持ちで頷く。

「舞奈ちゃんはいっぱい喜んでくれるから色々とやりがいがあるよ。さっきのレースでも応援が聞こえて嬉しかったし」

「本当ですか？」

「本当本当」

レース中は陸からの声があまり聞こえないことを舞奈は既に知っていた。陸から水上のレーンまではかなりの距離があるし、パドルが上げる水飛沫の音でほとんどが掻き消されてしまう。だけど、それでも千帆には自分の声が届いたのかもしれないな、と舞奈は思った。目の前の優しい先輩は、舞奈の声を聞き逃さない。

　緩む頬を右手で押さえ、舞奈は首を軽く傾《かし》げる。

「久しぶりのペアの調子はどうでした？」

「良かったよ。さっきの予選レースだと二位だったし」

　機嫌よさげに答え、希衣は立てた片膝の上に腕を乗せた。それを眺めていた千帆が曖《あい》昧《まい》に微笑する。困っているような、何かを隠しているかのような表情だった。

「千帆先輩？」

　思わず尋ねた舞奈に、千帆は「なあに？」とのんびりとした口調で応じた。伏せられた睫毛《まつげ》が不意に上がり、黒い瞳《ひとみ》がくるんと丸まる。

「あ、お代わり？　今いれるね」

　そう言って、千帆は舞奈の紙コップに冷えたハーブティーを注いだ。水筒の中でライムグリーンの水位が下がる。

　恵梨香の分が無くなってしまうかも。咄嗟《とっさ》に浮かんだ思考をなんとなく後ろめたく感じ、舞奈はカップを握る手を上にあげた。「もういいの？」と投げ掛けられた言葉に頷き、舞奈はカップの縁を自身の唇へと押し当てた。一体何に対して後ろめたく思ったのか、その理由は自分でもとんと分からなかった。

あの日の文部科学大臣杯で蘭子・恵梨香ペアは一位だったが、希衣と千帆だって二位という好成績を収めていた。タイムは2分6秒512、インターハイ時の希衣・恵梨香ペアのタイムと比べると十秒ほどの差があった。

「二時からフォアの練習にしようか」

千帆が防水性の腕時計を見ながら言う。あの時と同じ様に、舞奈の手には紙コップが握られている。

「希衣先輩と恵梨香、そろそろ上がってきますかね」

「だと思うよ。そろそろフォーム漕《そう》が終わる頃だから」

フォーム漕とはその名の通り、フォームを意識しながらの乗艇練習だ。今日の午後からの練習メニューは舞奈と千帆はシングルで五〇〇メートル×二回、希衣と恵梨香はペアで五〇〇メートル×四回。その後、フォアの乗艇に移ることになっていた。

四人でいっせいにシングルの練習をしないのは、ながとろ高校にはシングルのカヌー艇が三艇しかないからだった。ペアは二艇、フォアは一艇しかない。去年までは部員が希衣と千帆の二人だったために問題がなかったのだが、これから部員が増えるなら艇の確保も課題となってくるだろう。

「先にフォア艇を取りに行こうか」

「はい」

立ち上がった千帆を見て、舞奈は慌《あわ》てて後に続く。普段の練習場所である荒川の河川敷は学校の艇庫から歩いて数分と掛からない位置関係にある。学校が川に近いというのはカヌー部にとって大きな利点だ。

「この前インハイで他の学校の子と話してたんですけど、川が近くにないと海とか湖で練習することになるんですよね。大変そう」

「海には波があるしね、その分流れの乱れに強い選手になったりもするけど。近場に水辺がある学校は珍しいから、ながとろは相当恵まれてる方だと思う」

「裏門から歩いてすぐ川ですしね」

「川が近くにない学校の子達は、休日練習の時にだけ乗艇してるってことも多いんだよね。だから陸トレに力を入れることになるし、それはそれで一つの正しい方向性だったりするよ。凄いカヌー選手の中にも水上練習より陸でのトレーニングが重要だって言う人もいるし」

堤防にある石の階段を降りると、すぐにカヌー部の艇庫が現れる。川での練習中はシャッターが開け放たれているため、鍵《かぎ》がなくともすぐに中に入ることができる。

設置されたラックには普段なら赤や青の色とりどりのカヌー艇が並んでいるのだが、

今はその内のシングル艇二台とペア艇一台の姿がない。端に寄せられたハンガーラックには色褪《いろあ》せたライフジャケットがずらりと吊《つ》るされ、その隣の木製ラックにはパドルがくぼみに嵌《は》めるようにして縦に並べられていた。

　フォア艇は、この艇庫の一番奥に置かれている。先端はシャープに尖《とが》り、表面は鮮やかなレモンイエロー、底面は青みの強いピーコックグリーンだ。シングル艇やペア艇の側面にあるパドルを擦った傷もなく、使用感がほとんどない新品に近い状態だ。

「佐々《ささ》浦《うら》先生がね、フォア艇を一艇は持って行きなさいって言ったの。最初は部員の数が少なくてもいつか増えることがあるかもしれないからって」

　フォア艇の表面に指を滑らせながら、千帆が微かに眉尻《まゆじり》を下げる。綻《ほころ》んだ唇からは懐《なつ》かしさが滲《にじ》んでいた。

「佐々浦先生ってアレですよね、千帆先輩達が通っていたクラブの先生」

「そう。今は北海道に住んでるんだけどね」

　ササウラカヌークラブは数年前までこの辺りにあったカヌークラブで、指導者であった佐々浦の引退に伴い閉鎖した。備品は複数の高校に寄付され、その内の一つがながとろ高校カヌー部だったというわけだ。

「それにしてもフォア艇って本当に大きいですよね」

　舞奈はその場で両腕を伸ばしてみる。どれだけ長い腕を持とうが、フォア艇には敵いっこないだろう。千帆が片頬に手を添え、小さく笑う。

「シングル艇ですら五メートルくらいあるからね。ペア艇は最大で六メートル五〇センチ、フォア艇だと最大一一メートルだよ」

「一一メートル……」

「路線バスの横に並べると大体同じくらいの長さかな。凄いよね、水上だとサイズのことなんて気にならないのに、地上でこうやって改めて見ると大きいなって思うもん」

「私を七人並べてもフォア艇には勝てないんですね」

「並べるって、縦に？」

「こう、だるま落としみたいに積んでいくんです」

「勝っても嬉しいかなぁ」

そう苦笑しながら、千帆は軽く背伸びをする。シューズ型のゴムサンダルの踵《かかと》が一瞬だけ浮き上がり、そしてすぐに床へと着地する。

「さ、持って行こう。私はこっちを持つから、舞奈ちゃんは反対側をよろしくね」

「はい」

せーの、という掛け声に合わせて舞奈は艇を持ち上げる。シングル艇は最近になってようやく一人で運べるようになったけれど、フォア艇は永遠に不可能だろう。手の平にのしかかる重さを感じながら、舞奈は一歩ずつ慎重に歩を進めた。フォア艇は長いので、うっかりするとすぐ障害物にぶつけてしまうのだ。

先ほどまでの道順を今度は逆に辿っていく。前を歩く千帆は時折こちらを振り返り、舞奈が困っていないか目を配ってくれていた。

千帆の後頭部は丸い。髪を二つに束ねているせいで、真ん中にくっきりと分け目がついている。髪を縛るゴムはシンプルな黒で、それが少し勿体《もったい》なく舞奈は思った。千帆ならもっと華やかなデザインでも似合いそうなのに。

「千帆先輩」

「ん？　なあに」

舞奈が呼びかけると、千帆は振り返らずに応じた。艇の端を持っているため、二人の間には一〇メートル近い距離がある。舞奈は艇から手を離さないまま、中央よりの位置へ移動した。これで少しは会話しやすい。

「文部科学大臣杯、どうでした？　久しぶりの希衣先輩とのペアは」

「去年よりタイムが伸びてたよ。希衣のシングルのタイムが速くなったからその効果もあっただろうね」

「楽しかったですか？」

「舞奈ちゃんにはどう見えた？」

千帆は足を止めない。だから舞奈も、足を止めるわけにはいかない。

「楽しそうに見えましたよ」

「じゃあ、楽しかったのかなぁ」

「自分でも分からないんですか？」

「そうなのかも。この前の大会は自分が自分じゃないみたいだったし」

靴底が地面を擦る。ゴム製のサンダルは柔らかく、素材越しに踏みつける石の感覚まで伝わってくる。肺を膨らませるように、舞奈は鼻から息を吸った。日に晒《さら》された土の匂《にお》いが香ばしい。

「自分じゃないってどういうことです？」

「緊張しちゃったの」

「緊張？」

「そう。レース中のことほとんど覚えてない。心臓がバクバクして、手が震えた。あんなの初めてだった。文部科学大臣杯は何回も希衣と参加したことあるのに」

自嘲《じちょう》に似た笑い声が、風に乗って舞奈の耳をくすぐっていった。風のせいで乱れた髪が目に掛かって鬱陶《うっとう》しい。両手は塞《ふさ》がっているため、舞奈は顔を振り動かして髪を払う。千帆は髪を縛っているから、こんな目に遭うことはないのだろう。

「大会本番って緊張するのが普通なんじゃないですか？」

「舞奈ちゃんは中学の時の大会、緊張した？」

「しました！　でも一回水に入っちゃえばそんなに気にならなかったかも」

中学時代、舞奈は水泳部に所属していた。泳ぐのは大好きだったけれど、良い記録を目指すのはあまり好きじゃなかった。部の雰囲気も似たような感じで、大半の部員が楽しんで部活時間を過ごすことに重きを置いていたような気がする。

先輩の中には「お遊びじゃなくて本気でやってよ」と目くじらを立てる人もいたが、彼女の記録が良かったかと言えばそういうわけでもなかった。

「レースがスタートしたら、身体に動きが染《し》み付いてるのであんまり頭を使うことってないんですよね」

「私もそのタイプだったんだけどなぁ。この前のレースはずっと気持ちが落ち着かなくて」

「記録は良かったじゃないですか」

「そうなんだけどね。でも……」

何か言いたげに語尾を濁し、千帆は口を噤《つぐ》んだ。前を歩く千帆の表情は、後ろからでは分からない。

じりじりと日差しが肌を焼く。額に浮かんだ汗が流れ落ち、カヌー艇の表面を小さく濡らした。暑さを誤魔化すように舞奈は口を開けて舌を外へと突き出す。

歩調を緩めることなく、千帆は足を動かし続ける。

「多分、比べられるのが怖かったんだよね」

「比べられるって、恵梨香と千帆先輩とをってことですか？　外野は比べるかもしれないですけど、そんなの別に――」

「外野じゃなくて、希衣に」

　気にしなくていいじゃないですか。続くはずの台詞《せりふ》は千帆によって遮られた。手の平に感じる重さが増したような気がして、舞奈は意味もなくカヌーを持ち替える。

「びっくりしちゃった。そんなこと意識してるんだって自分自身に思って。恵梨香ちゃんと希衣がペアを組むのがいいって心の底から思ってたのに。私ね、多分、希衣にガッカリされるのが一番嫌なんだ」

「希衣先輩はガッカリなんてしませんよ」

「んー、それもちょっと寂しいのかもね。ガッカリされたくないからペアを解消したのに、ガッカリすらされないのはそれはそれで嫌というか」

　迷いなく動いていた千帆の足が、不意に止まる。首から上だけでこちらを振り向き、千帆は静かに微笑んだ。柔らかな線を描く鼻筋、薄い唇、小さな顎《あご》。彼女の横顔の輪郭線が熱を孕《はら》んだ空気によって溶かされていく。

「自分で自分の気持ちに振り回されて、嫌になっちゃうよねぇ。ホント、希衣のこと偉そうに言えないよ」

「希衣先輩は喜んでましたよ。千帆先輩と一緒のペアになれて」

「前までの希衣だったらそんなことで喜んだりしなかっただろうな。『利根蘭子に勝つ気あるの？』とか言ってさ」

「でも、私は一緒にいるだけで嬉しいって感じるのは素敵なことだと思います」

カヌーを支える手に力がこもる。千帆は軽く肩を竦《すく》めた。その唇が皮肉っぽく捲《めく》れ上がる。

「ただそこに存在するだけで喜ばれるのって、期待されてないのと同義じゃない？」

一瞬だけ息が詰まる。分からない。千帆の台詞の意味が、舞奈にはちっとも理解できない。

相手が一緒にいてくれることを喜んでいるのは、その人のことが好きだからだ。一緒にいるだけで嬉しい気持ちになって、幸せだから。

口内に溜《た》まる唾《つば》を呑《の》み込み、舞奈は歯の裏側を舌先でなぞる。どんな言葉を選ぶべきか逡巡《しゅんじゅん》し、舞奈は結局思ったままの言葉を口にした。

「私だったら、千帆先輩がどんな選手とか関係なくペアになれたら嬉しいなって思いますよ。それって先輩を不愉快な気持ちにさせちゃいますか？」

「そんなことないよ。だって舞奈ちゃんは、」

ごくん、と彼女の喉《のど》が大きく動いたのが分かった。千帆の唇が凍り付き、やがて柔らかな空気がそこから吐き出される。「ごめんね」と彼女は明るい声音で謝罪を口にした。再び前を向き、何事もなかったかのように千帆は歩き始める。

「変なこと言って気を遣わせちゃった」

「全然。なんでも言ってもらえた方が嬉しいですよ」

「……舞奈ちゃんは本当に優しい良い後輩だねぇ」

「えへへ」

堤防にある階段を下り、二人は河川敷へとフォア艇を運ぶ。三つ並べたウマにフォア艇を載せた頃にはペアの練習をしていた希衣と恵梨香も陸へと上がってきた。

タオルを頭に載せた希衣がガシガシと自身の髪を拭《ぬぐ》っている。水飛沫が掛かったのだろう。彼女が着ている白のTシャツにはところどころ水玉模様ができていた。

「運んで来てくれたの？　ありがと」

機嫌良さそうに鼻歌を歌いながら、希衣がフォア艇の表面を撫でる。レジャーシートの上に置いてあるライフジャケットを拾い上げ、千帆は自身の身体に装着した。

「希衣も恵梨香ちゃんも艇庫まで行き来するのめんどくさいかと思って」

「そりゃめんどいよ。助かるー」

「ふふ、副部長は気がきくからね」

「その言い方だと部長が気がきかないみたいじゃん」

「鶴見先輩、サンダルでレジャーシート踏んでます」

「あ」

恵梨香の指摘に、希衣が咄嗟に右足を浮かせる。「ほらね」と千帆が歯を見せて笑った。

「恵梨香、お疲れ」

じゃれ合う先輩を置いて、舞奈は恵梨香のすぐ真横に立った。本当は肩に抱き着きたいのだけれど、恵梨香の背が高すぎて届かないのだ。

親指と中指を使って黒のキャップの鍔《つば》を引き下げ、そのついでのように恵梨香はこちらを見下ろした。影に覆《おお》われた眼差《まなざ》しが微かに和らいだのが伝わる。

「舞奈もお疲れ。シングルには慣れた？」

「慣れた！」

「なら良かった」

「でもフォアはまだ慣れない。どうしよう、明々後日《しあさって》には大会なのに」

「私も慣れてないよ、フォアは。ずっと一人で乗ってきたから」

「でも恵梨香は誰と乗ったって上手いし」

「そうでもないよ。ペアには慣れて来たけど、フォアは全然落ち着かない」

短く切り揃《そろ》えられた黒髪を指先に巻き付け、恵梨香は小さく溜息を吐《つ》いた。その左の手首に付けられているのはスポーツウォッチだ。脈拍や心拍数などを記録してくれる優れもので、部長である希衣も同じように左手首に巻いている。GPS機能がついているから、カヌー艇に取り付けておくとどれくらいの距離を漕《こ》いだか分かるようになっている。

恵梨香はレースでドキドキしたりするのだろうか。先ほどの千帆との会話を思い出し、舞奈はなんとなく彼女の左手首に目を向ける。前腕はしっかりと鍛え抜かれており、筋肉のラインが見て取れた。舞奈は自分の腕を曲げてみたが、恵梨香のものに比べると明らかに貧相だった。

「何してるの？」と恵梨香が不思議そうに目を瞬《また》かせる。

「恵梨香みたいに筋肉がついてないなーって」

「これからつければいいんじゃない？　芦田《あしだ》さんが言ってたよ、冬は身体作りのチャンスだって」

芦田というのはながとろ高校カヌー部の指導を受け持ってくれている男の名だ。喫茶『せせらぎ』のオーナーで、元オリンピック選手という経歴を持つ。小学生の恵梨香にカヌーのいろはを叩き込んだのも彼だった。

「鍛えるの大変そうだしなぁ」

「そうでもないよ。手順を踏めば必ず筋肉は大きくなるし」

「おお、恵梨香が真っ当なことを言ってる」

「普段から言ってるでしょ」

「言ってる」

真顔でコクリと頷き、それから舞奈は噴き出すようにして笑った。「何がおかしいの」と恵梨香は困惑した様子で突然笑い出した友人の顔を眺めている。

「そろそろフォアの練習始めようか」

その声掛けに、舞奈達は揃って先輩達の方に顔を向けた。雑談していたはずの希衣と千帆は気付けば支度を済ませている。舞奈は置いていたパドルを慌てて手に取った。

「黒部さん、フォアのそれぞれの役目は覚えてる？」

希衣に突然指名され、舞奈の背筋は勝手に伸びた。部活中だというのにテストの補習時間みたいだ。

「えーと、アレですよね。一番前の人がリズムを作って、後ろ三人がそれを支える。後ろが前に合わせるのが鉄板だって聞きました」

「そう、前の選手には後ろの選手が見えないからね。フォアにはそれぞれ役目があって、一番前の人が前進する力を作る。漕力が高くてペース配分が上手い、水を綺麗《きれい》に摑める人がここにくる。ウチだと湧別さんだね」

希衣に名前を挙げられ、恵梨香は無表情のまま「はい」と短く返事をした。希衣が自身の胸に手を当てる。

「で、二番目は合わせるのが上手い選手。これは間違いなく私だから、二番目が私」

「三番目はパワーがある選手、四番目はバランスが良い選手だね。特に四番目は全体のバランスに影響が出ちゃうから、私の方がいいだろうね。で、三番目は舞奈ちゃん」

千帆の言葉に、舞奈は「頑張ります」と拳を握った。小柄な自分にパワーがあるとは思えないが、バランスの調整はここにいる中で最も下手くそだ。四番目に千帆の方が艇も安定するだろう。

「フォアはとにかく息を揃えることが大事だからね。黒部さんも来年にはきっと上達してるだろうし、長い目で目標を決めていくのがいいよ」

「でも、大会は明々後日ですよ」

反論すると、希衣は呆《あき》れたように溜息を吐《つ》いた。パドルを握ったまま彼女は器用に両腕を組んで見せる。

「そんなにすぐに結果は出ないよ。沈しちゃったり、レーンからコースアウトして失格する可能性だってあるし。それよりまずは初めての大会の空気感に慣れた方が建設的でしょ。陸で見るのと実際に漕ぐのは大違いだからね」

「おお、現実は厳しい……」

身を震わせた舞奈の台詞に、「でも楽しい」と恵梨香が言葉を付け加えた。微かに上がった口角が、それが彼女の本音であることを示している。

　舞奈はパドルを振り上げると、ぴょんとその場で軽く飛び跳ねた。

「確かに楽しい！」

「まだ乗ってないのに」と希衣は大仰に肩を竦める。

「楽しいのは事実でしょ」

　そう言って、千帆はフォア艇へと手を掛けた。この長い艇を一人で乗りこなすことはできないが、四人でなら前に進むことができる。自分が座る三番目のシートを見下ろし、舞奈はパドルを握る手に力を込めた。今なら何だってできる気がした。


「とはいえ、やる気だけじゃなんともならないよねー」

　下り道に差し掛かり、自転車の車輪がカラカラと回る音が響く。向かい風が舞奈の髪をぐちゃぐちゃにして、ついでにＴシャツまでバサバサと揺らしていく。ペダルに足を乗せたまま、舞奈は前を進む恵梨香の背中を見遣った。

「珍しく弱気だね」

　自転車を漕ぎながら、恵梨香が叫ぶようにして返事をくれる。ながとろ高校から二人の家の最寄り駅である波久礼《はぐれ》駅までの道程はかなりの起伏がある。同じ最寄り駅の生徒たちの多くは秩父鉄道を使って学校に通っているが、自転車で通学するのが二人の日常だった。

「弱気っていうか、やっぱりまだまだ難しいなって」

「最初だから仕方ないよ。私も上手くはやれてなかっただろうし」

「見えないものを揃えるって難しいよねぇ」

先ほどのフォアの練習は、順調といえば順調だった。一度も落水することはなかったし、スピードだって一人で乗っている時とは全然違う。

カヌーは乗艇している人数が増えるほどスピードが増すスポーツだ。二人三脚とは違い、エンジンの数の多さがそのまま速さに繋《つな》がってくる。一掻きしただけでグンと舟が前進する感覚は心地良くて楽しいけれど、動きを揃える段階にはまだまだ到達できていない。パドルの動きを合わせるのも難しいけれど、舞奈が一番苦戦したのは足を動かすタイミングだった。

「やっぱり先輩たちとか恵梨香と自分の漕ぎ方って全然違うんだなって思った。難しいよ、脚を動かすの。目で見えないんだもん」

パドルを使う上半身と、脚を動かす下半身。陸で見ている時は上半身ばかりが目につくが、実際には下半身を上手く使うことがカヌー攻略のキーとなる。いくらパドルを動かしたって、下半身が追い付いていなければタイムは伸びない。……というのを希衣は口を酸《す》っぱくして言い聞かせてくる。舞奈はまだパドルすら上手く操れないので、希衣の指摘する内容は高等技術すぎて追い付けていない。

「あと、体力が全然足りてなくて腕も脚もすぐ疲れちゃう」

「やっぱり筋トレするしかないね」

「むむ、そうなっちゃうのか。筋トレはあんまり好きじゃないんだけどな」

「でも身体が出来てないと練習の効果が出にくいし。がむしゃらにやるのって結局色々と無駄じゃない？」

「正論すぎる」

「ってか、舞奈って夏休みの宿題終わったの？」

「いまそれ聞くぅ？」

　自転車のハンドルを握ったまま、舞奈はペダルを強く踏みつける。夕方の四時という時間帯のせいか、行き交う車は少なかった。ガードレールと白線の間に収まるように気を付けていると、それだけで自然と進むスピードは緩やかになった。

「数学の課題がまだ終わってないんだよね。恵梨香は夏休み入ってすぐ終わらせたんでしょう？」

「簡単だったから」

「うわ、人生で一度は言ってみたい台詞ランキングで堂々の第二位だよ今の台詞」

「一位は？」

「この紋所が目に入らぬか！」

「絶対言う機会ないだろうね」

ガードレールの向こう側では、エメラルドグリーンの水面が立ち並ぶ木々を反射していた。上流から下流へ、一定方向へ進む水の塊は巨大な一つの生き物みたいだ。秋になったら紅葉が綺麗だと以前に恵梨香から教えられたが、青々とした葉を茂らせている木々たちが表情を変える日が来るだなんて何だか信じられない。

「恵梨香はさ、どうだった？」

「んー……あちらのお客様からです、かな」

「いや、言ってみたい台詞ランキングの話じゃなくて」

「違うの？」

「違う違う。この前の文部科学大臣杯の話。一位だったじゃん、ペアで」

「シングルでは負けたけどね、蘭子さんに」

恵梨香が素っ気ない口調なのは悔しさを感じているからではなく、ただ事実を述べているつもりだからだろう。ハンドルから右手を離し、恵梨香は浮き上がり掛けた黒のキャップを被り直す。

「正直に言えば、急に道が開けた感じがした。蘭子さんが色んな大人の人を紹介してくれて、それで」

「嬉しかった？」

「知らない人間に会うのは正直嫌だったよ。でも、蘭子さんが話すのとか私の代わりにやってくれたから。苦痛ではなかった」

「おお、良かった」

本当のことを言うと、少し心配だったのだ。恵梨香は人見知りな性格だから、急に関わる人間が増えると辛くなってしまうのではないか、と。

「蘭子さんには本当に感謝してるよ」

そう言って、恵梨香は自転車のブレーキを徐々にかけた。横断歩道が近付いていたからだった。今はまだ信号は青だけれど、どのタイミングで赤になるか分からない。舞奈もブレーキに指をかけ、信号機の様子を窺《うかが》いながら速度を落とす。

やがて青信号が点滅し始めた。急げば渡り切れるだろうけれど、危ない目に遭うリスクを負ってまですることもないため、二人は横断歩道の前で停止した。横並びになり、舞奈はようやく恵梨香の顔を正面から捉《とら》えることができた。彼女は笑っていた。

「私、九月の日本選手権に出ることになったの」

「日本選手権？　出たらどうなるの？」

「結果を出せば強化選手に入れる、蘭子さんみたいに。そしたら、」

「そしたら？」

続きを促す舞奈に、恵梨香は躊躇《ためら》い勝ちに口を開く。

「オリンピックに出られるかもしれない」

信号の色は赤から青へと再び変わろうとしていた。それでも二人は動かなかった。舞奈はブレーキに左手の指を掛けたまま、じっと恵梨香の顔を凝視した。あまりに話のスケールが大きくて、なんと言葉を掛けるべきか舞奈は考えあぐねていた。それでも沈黙を守ることは不自然だと思ったから、真一文字に結び掛けた唇を無理やりにこじ開ける。

「もし恵梨香がオリンピックに出るなら、絶対に、絶対に絶対に応援に行くよ」

約束、と舞奈は右手の小指を突き出す。恵梨香は驚いたように目を丸くし、それからゆっくりと右手を伸ばした。長さの違う小指と小指がそっと絡《から》み合い、そして離れる。

「約束ね」

そう、恵梨香は噛《か》み締めるように呟いた。その感情が喜びであることを願いながら、舞奈はブレーキに掛かる指を離した。

第二章

ハロー、私の最大の敵

side 希衣

初めて大会に出た日のことを、希衣《きえ》は今もよく覚えている。とにかく緊張していて、パドルを動かす手が自分のものじゃないみたいだった。小学三年生にとって、数歳の差は大きい。六年生ですら大人同然に見えていたし、中学生や高校生なんて雲の上の存在だった。

河川敷で二人でストレッチをしている間、舞奈《まいな》は三回ほど唾《つば》を呑《の》んだ。その態度には覚えがあり、どこか懐《なつ》かしい気分になる。幼い頃の自分を見ているかのようだ。緊張していることがありありと伝わってきて、こちらまで妙に明日のことを意識してしまう。

新人大会を翌日に控えた朝、舞奈は部活開始時刻より一時間半も前に学校にやって来た。彼女と二人での朝練習も、今では珍しいことではなくなった。本当は大会前日に体力を消耗して欲しくないのだが、何かをしていないと落ち着かないという気持ちは希衣にも思い当たる節があったので練習に付き合っている。

「希衣先輩は日本選手権に出るんですか？」

上半身を捻《ひね》ったままの体勢で、舞奈が尋ねる。日本選手権の話はこの後輩にしたことがなかったから、恵梨香《えりか》か千帆《ちほ》あたりから聞いたのだろうとすぐに察した。

「出るよ。堀《ほり》さんも神田《かんだ》も大森《おおもり》姉妹も出るだろうね。千帆は出ないけど」

「なんでですか？」

「なんでって……強制参加ってわけじゃないし、千帆的にはあんまり興味のない大会なんでしょ。日本選手権はガチだから」

去年、希衣と千帆は日本選手権に出場していない。千帆が参加しないのなら自分もいいかと参加を見送ったのだ。「ガチ」という二文字を自分の中で咀嚼《そしゃく》するように、舞奈は小さく呟《つぶや》いた。その頭の横にはてなマークが浮かんで見える。

希衣は溜息《ためいき》を吐《つ》くと、伸ばしていた腕を下ろした。

「強化選手になるためには日本選手権で結果を出さないといけないの。参加する年齢も関係ないし」

「強化選手っていうのが所謂《いわゆる》日本代表ってやつのことですか」

「そう。日本選手権と来年三月の海外派遣選手選考会で合計ポイントが上位になった選手は、四月の日本代表候補合宿に参加できる。その中でタイムトライアルをやって、一位になったメンバーが日本代表選手ってわけ。ま、厳密に言うとそれだけってわけでもないんだけど」

「じゃあ、蘭子《らんこ》先輩は去年の日本選手権で結果を出したってことですね」

「あの子は前のシーズン、日本選手権でも海外派遣選手選考会でも一位だったね。日本だと敵なしなんだけど、海外は強いところは本当に強いから……ハンガリーの選手とかにはなかなか勝てないって感じ」

　カヌー選手の活躍のピークは二十代以降だ。まだ十六歳の蘭子には伸びしろが十分あるから、大学生の頃にはもしかすると世界大会で優勝できるまでに成長しているかもしれない。

「恵梨香が強化選手になったらオリンピックに出られるってことですか？」

「オリンピックの出場枠はまた別だよ。世界選手権かアジア選手権で枠を勝ち取らないと」

「うーん、道のりは険しいんですね」

「今のタイムなら余裕で狙《ねら》えるけどね、あの二人だったら」

　文部科学大臣杯でのタイムを見る限り、蘭子と恵梨香のペアの強化選手入りは確定だろう。後は二年後のオリンピックまでに二人がどこまで記録を伸ばせるか、だ。

「ほえー、恵梨香って本当に凄《すご》いんですね」

「天才だよ。あんな一年がゴロゴロいたらやってらんない」

　ウマと呼ばれるスタンドに置いていたシングル艇を持ち上げ、浮桟橋《うきさんばし》へと移動する。

希衣が艇へと乗り込んでいる間、舞奈は真後ろでじっと順番を待っていた。パドルを使って岸から離れると、舞奈はしっかりと手順を守って乗艇した。千帆の教えのせいだろうか、舞奈の乗り方はいつも丁寧だ。慣れゆえの雑さがなく、基本に忠実。

「明日が本番だから、あんまりやり過ぎないようにね」

「はい！　それは勿論《もちろん》」

素直に頷《うなず》く舞奈だが、パドルを構えた際に肩に力が入り過ぎている。緊張している自覚がないタイプか、と希衣は顎《あご》を擦《さす》った。

「黒部《くろべ》さん、明日は沈《ちん》しちゃってもいいからね」

「へ？」

「まずはレースを体験するっていうのが大事だから。明日は他の学校の一年生にとってもデビュー戦だし、上手《うま》くやろうっていうより、カヌー大会ってこんな感じなんだって慣れるくらいの気持ちがいいよ。何をしたって糧《かて》になる、失敗しようがないチャンスタイムって感じでさ」

「おお……希衣先輩が優しい」

狼狽《うろた》える舞奈に、希衣は唇を尖《とが》らせた。

「どういう意味」

「いや、珍しいなと思いまして。先輩に優しくされるの、私は好きです」

優しくされるのが好き。凄い台詞《せりふ》だ。希衣だったら絶対に口にはしない。だが、目の前の後輩はそれを容易《たやす》く発言できる。

「黒部さんは甘え上手だね」

「えへへ、そうですか？」

「末っ子？」

「そうです、お兄ちゃんとお姉ちゃんがいて。今は二人共一緒には住んでないんですけど」

　祖父母と住んでいると以前に話していたから、舞奈の家は大家族なのだろう。舞奈からは、末っ子特有の『自分は愛されている』という自負を感じる。希衣の妹も、時折似たような空気を醸《かも》し出す。そういう時、希衣は長女って損だなと少し思う。

「お兄さんたちは大学生とか？　下宿する人って多いもんね」

「希衣先輩は大学に行ったらどうするんです？」

「多分、私も下宿。寮があるところが一番いいけど」

　前々から、実家を出ようとは考えていた。家族仲は良好だし、実家生活に不満なんて一つもない。それでも自分の環境を変えてみたいという欲求は強い。ただ、現実的に考えると金銭の問題もあるので、優雅な一人暮らし生活というのは難しそうだ。

「明日、黒部さんの家族は応援に来るの？」

「おじいちゃんとおばあちゃんとお父さんとお姉ちゃんが来ます！　お姉ちゃんは東京からわざわざ来てくれるみたいで」

「へぇ。じゃあ、家族に良いところ見せたいってのもある？」

「カッコ悪いところよりはカッコいいところを見せたいとは思いますよ！」

「じゃ、まずは姿勢だね。背中が斜めに傾いてる」

「あわわ」

分かりやすく狼狽えながら、舞奈が慌《あわ》てて背筋を伸ばす。水上に慣れたとはいえ、彼女はまだまだ初心者だ。刻々と変わる風の強さや水量にも上手く対応するのは難しいし、隣のレーンを漕《こ》ぐ選手の影響も受けやすい。

「あとは、前日に練習し過ぎないこと。体力は本番にとっておかないと」

言いながら、どの口が言ってるんだと自嘲《じちょう》が込み上げる。舞奈は「分かりました！」と元気よく返事をした。彼女はとても素直だ。

そのまま二人は口を噤《つぐ》み、ゆったりとしたペースで川を下った。晴れの日が続いている荒川の水面はエメラルドグリーンに光っている。雨が降って水量が増すと、水の色が濁って何も見通せなくなる。

希衣はカヌーが大好きだが、川は苦手だ。カナヅチなせいもあるが、水に落ちたら最後、どこにも逃げられなくなるような気がしてしまう。しっかりと装着したライフジャケットが希衣の心の支えだった。

県民総合体育大会兼高校新人大会兼関東高等学校カヌー選手権選抜大会県予選会。通称、新人大会は、八月二十六日に行われた。三年生は引退しており、参加するのは一年生・二年生部員に限られる。三年生がいなくなったことでより影響を受けるのがペアやフォアだ。組み合わせが変わるため、タイムも変わる。

会場は埼玉県大会と同じく、幸手《さって》市にある行幸湖《みゆきこ》カヌー競技場だ。埼玉県でカヌー部があるのは、ながとろ高校・越井戸《こしいど》高校・雨城《うしろ》高校・大里《おおさと》第二高校の四校だ。越井戸高校は部員数が最も多く、大里第二高校は男子校。雨城高校は初心者が多いのが特徴だ。

今日の大会の参加人数は大体四十人程度だった。県大会では六十人ほどいたから、三割以上がいなくなったことになる。

「緊張するかもしれないけど、落ち着いてね。ダメで元々くらいでやればいいから」

そう舞奈に語り掛けているのは、カヌー部の顧問である檜原《ひのはら》だった。真っ白なシャツに、黒のスラックス。彼女が被《かぶ》っている鍔《つば》の広い帽子はキャプリーヌというらしい。レンズが大きいサングラスに、手の先までしっかりと覆《おお》う手袋、さらにはフリルの付いた日傘。日焼け対策が大事なのは理解できるが、それにしてもやり過ぎじゃないかと希衣は思ってしまう。

「今回ながとろはシングル、ペア、フォアに出場する。特に黒部さんは初めてのレースだ。まずは大会の空気を感じてくれ」

　檜原の隣でそう言ったのは、ながとろ高校カヌー部のコーチである芦田《あしだ》だった。彼がオリンピックで出場していたのはカナディアン部門、立膝《たてひざ》もしくは正座の姿勢をとり、シングルブレードのパドルを使って漕ぐのが特徴だ。現在、カナディアンは男子しかないが、次回のオリンピックからは女子部門も出来るらしい。

「舞奈ちゃん、緊張してる？」

　後輩の顔を見つめるように、千帆が軽く顔を傾ける。舞奈は、「してないです！」と即答したが、その声は裏返っていた。

　希衣と恵梨香は互いに顔を見合わせる。二人の頭の上には、インターハイの時にも着用した蛍光ピンクのキャップが載っている。ペアやフォアに乗る時はユニフォームを統一するというルールがあるため、今日の四人は頭のてっぺんから足先まで揃いの格好をしていた。

「湧別《ゆうべつ》さんは緊張しないの」

「今更ですよ」

「それもそうか」

「ハラハラはしますけどね、舞奈がちゃんとできるかなって」

「ま、なんとかなるでしょ」

レースはフォア、シングル、ペアの順番で行われる。大会は一日だけだから、かなりタイトなスケジュールだ。

舞奈は肩に掛かる自分の髪の毛をぎゅっと引っ張り、何やらもごもごと口を動かしていた。千帆の方を見遣《みや》ると、彼女は軽く肩を竦《すく》めた。

希衣は舞奈へと歩み寄ると、水面を指さした。等間隔で浮いているブイの列は、五〇〇メートル先まで続いている。

「黒部さん、とりあえずレースについておさらいね」

「ア、ハイ」

「まず、スプリントの競技エリアには九つのレーンがあって、幅が九メートル。レーンからはみ出すと失格になるからできるだけ中央を漕ぐこと。目安のブイは一定の間隔で設置されてて、フィニッシュ前の一〇〇メートルからブイの色が赤に変わる。ペース配分の参考にして。まぁ、今日はそんなの気にしてる余裕はないかもしれないけど」

「失格になる場合もあるんですもんね……レーンからはみ出る以外にも」

「途中の転覆はアウトだね。カヌーは転覆しやすいから初心者じゃなくても沈するのは珍しくないよ。逆に言うと、スタンバイ時に転覆してもやり直せるから問題ない。今日は新人大会だから、普段よりも転覆は多いだろうね。あとは検艇」

「検艇って、さっきやったやつですか」

舞奈が首を傾《かし》げる。検艇とはその名の通り、自分たちが乗る艇をチェックしてもらう作業のことだ。カヌーはそれぞれの部門で重量が規定されており、レース前とレース後に検艇が行われる。レース後、取り付けた重りが何かの衝撃で外れた場合、その艇は失格になる。

「予選レースの場合、レース後は九艇の内四艇ぐらいがランダムで選ばれてチェックになるよ。決勝レースの時は大体、全《すべ》ての艇が検艇対象になることが多いかな。上位だったのに最後に重りが外れちゃって泣きを見るってパターンがたまにある」

「こ、こわい！」

「そうならないように気を付けるのが大事ってコトだね。レースが終わったら選手に出来ることとなんて何もないし」

キャップから零《こぼ》れた黒髪を、希衣は指で撫《な》でつける。今日の大会で最初に行われるレースがＷＫ‐４だった。関東大会やインターハイの時と違って参加校が少ないため、レースは一度のみだ。

緊張が抜け切れていない舞奈の肩を、千帆が叩《たた》く。

「私、フォアで大会に出るの、本当に楽しみだったんだ。だってフォアって二人じゃ出られないから」

　去年、ながとろ高校カヌー部はシングルとペアにしか参加していない。カヌーの大会には慣れていた二人だったが、それでも心細さもあった。他校の選手たちが歓迎してくれたから、そんな心細さはすぐに忘れてしまったのだけれど。

　四というのは、希衣たちにとって特別な数字だ。

「舞奈ちゃんも同じ気持ちだと嬉《うれ》しいな」

　にっこりと微笑《ほほえ》む千帆に、舞奈は指先を擦《こす》り合わせた。その頭に載せられたキャップは、希衣たちと同じ色をしていた。

　漕者《そうしゃ》にはそれぞれ得意な分野があり、フォア艇に乗る時はそうした適性も考慮される。ながとろ高校の場合、前から恵梨香、希衣、舞奈、千帆の並び順だ。

　一番後ろの千帆は、前の漕者の様子を観察しやすい。逆に、一番前に座る恵梨香は後ろの様子が分からないため、後ろの漕者たちがペースを合わせる必要がある。

「発艇五分前、発艇五分前。選手の確認を行います」

　スタンバイ位置に四人が移動して数分後、確認のアナウンスが流れた。希衣たちがいるのは第三レーン、右隣の第二レーンには越井戸高校の宍戸《ししど》亜美《あみ》たちがいた。コースは第九レーンまであるが、出漕しているのは五艇だけだ。その内の三艇は越井戸高校、一艇は雨城高校、残り一艇がながとろ高校だった。

「第三レーン、ながとろ高校。湧別恵梨香、鶴見《つるみ》希衣、黒部舞奈、天神千帆フォア」

「はい、よろしくお願いします」

パドルを掲げる三人を見て、舞奈が慌てたように動きを真似《まね》した。スタンバイ時に選手が揃っているかの確認は重要で、もしも人数が足りない場合は全チームの確認を終えてから再度点呼する。最終的にいない場合は「コールアウト」という失格になるが、そんなハプニングは滅多にない。

左隣のレーンにスタンバイする選手たちは、見慣れない顔も多かった。こちらも越井戸高校の艇だ。越井戸高校には高校からカヌーを始める初心者の子も多いから、これがデビュー戦なのだろう。

「発艇三分前、発艇三分前です。選手の皆さんはスタートラインへ揃《そろ》えてください。少しずつ前へ」

その声に合わせ、五艇がゆっくりと前進する。と、その時、左側で何かが傾くのが見えた。第四レーンにいた青色の艇がひっくり返る。四人の身体《からだ》はそのまま水面へ投げ出された。

「一年、焦《あせ》らずにね。モーターボートがすぐ来るから」

希衣たちの右隣のレーンから、亜美が先輩らしく声を掛けている。一年生がいる艇なら沈してもおかしくないか、と希衣は冷静に思考する。

スタッフが乗っているモーターボートが近付いてきて、手際《てぎわ》よく四人を引き上げる。艇の水抜きを行い、再び乗艇させる。その間、希衣たちはずっと待機だ。待っている間に転覆が連鎖するなんてことが偶《たま》に起こるが、そういう時は目も当てられない。

しばらくして、第四レーンの選手たちは再びスタンバイ位置に着いた。「待たせてすみません」とぺこぺこ頭を下げる姿に、「気にしないで」とか「どんまいどんまい」なんて言葉があちこちから飛んだ。カヌー大会のこういう雰囲気が希衣は好きだ。アットホームというか、ハプニングを許容するおおらかさがある。

「発艇、一分前。発艇、一分前。各艇は発艇線に艇をつけてください」

アナウンスに従い、五艇は互いに横並びになるよう意識する。大会の会場には発艇装置がないところも多く、行幸湖カヌー競技場もそれに当てはまる。発艇装置は艇の先端を装置にセットするのが意外と難しいから、新人としてはない方がやりやすいかもしれない。

「ゆっくり前へ。一レーン、ストップ。二レーン、もう少し前へ……」

微調整を繰り返し、ようやく準備完了だ。希衣は息を吸い込み、前方を見据える。後ろにいる舞奈が浅い呼吸を繰り返した。

「黒部さん、力んでる。深呼吸して」

「はい！」

「それが力んでるって言うんだけど」

苦笑した希衣に、舞奈は大きく息を吸い込んだ。こうして舞奈の様子を窺《うかが》っていると、初レースの時の恵梨香は肝が据わっていたんだなとつい比べてしまう。舞奈の方が可愛《かわい》げがあるせいで、どうにも世話を焼いてやりたいような気分になる。

「私、頑張ります」

「期待してるよ」

先頭の恵梨香に合わせ、希衣もまた、同じようにパドルを構える。三人で舞奈のフォローができるか。今回のレースの出来は、全てそれに掛かっている。

静寂に満ちた水面に、合図の声が響き渡る。

「Ready set go!」

その瞬間、「せーの!」という掛け声があちこちから聞こえた。恵梨香の腕の動きを目視で確認し、希衣は思い切り艇を踏み込んだ。レースは五〇〇メートルだ。浮かぶブイを横目に、希衣は冷静にペース配分を考える。不意に頭を過《よ》ぎったのは、初めてフォアを練習した時のことだ。

最初のフォアの練習は、率直に言うと上手くいかなかった。恵梨香と舞奈の息が合わなかったせいだ。元々、恵梨香は誰かに合わせて漕ぐタイプじゃない。ペアの相手である希衣は何度も経験しているが、恵梨香は熱中すると自分のペースで漕ぎ始める。その加速に舞奈はついていけず、そこから四人のリズムが崩壊していくというワケだ。

——今みたいに、と希衣は無意識の内に唇を噛《か》んだ。スタートから二〇〇メートルを通過した辺りで、パドルを動かす感覚に違和感が生まれ始めた。この不快さを言葉で説明するのは難しい。

パドルを水に差し込み、艇を引き寄せ、水から引き抜く。同じ動作の繰り返しだが、息が合わないと進み方に違いが出る。パドルの先端であるブレードが空《くう》を切るような、手《て》応《ごた》えのなさ。消費するエネルギーに対して、あまりに進みが鈍い。

それでも恵梨香というスーパープレイヤーがいるおかげで、希衣たちの艇は他校よりもずっと先をいっている。

「黒部さん、焦らないで」

既に体力の限界なのだろう。三〇〇メートルを越えたあたりから、舞奈の動きがガクンと遅くなった。明らかにフォームが乱れているが、それを指摘しても直すことは難しいだろう。

残り一〇〇メートル。ブイの色が切り替わった時に、恵梨香が加速しようとしたのが分かった。ペア艇であれば何の問題もない動きだが、フォアだと希衣だけではフォローし切れない。

「湧別さん、速い！」

そう口にしたのが間違いだったのか、舞奈が硬直したのが分かった。前進を続けていたカヌーの重心が、一瞬にしてズレたのを感じる。浮遊感が艇の底を貫く。ぐぐんと水の流れに引っ張られ、そのまま舞奈の身体が右へと傾いた。希衣は反射的にバランスを取ろうとしたが、フォローし切れずに艇も傾く。ばしゃん、と大きく飛沫《しぶき》が上がる。

「隣、落ちた！」

遠くから聞こえる亜美の声は、挑発ではなく警戒だ。転覆した艇は大きく波を起こす為《ため》、近くにいると自艇が影響を受けてしまう。

水が纏《まと》わりつくせいで身体が重い。希衣は流れていきそうになるパドルを左手で摑《つか》み、もう片方の手でひっくり返ったままの艇に摑まった。ライフジャケットのおかげで沈まずに済んでいるが、それでも水の中にずっといるというのは心許《こころもと》ない。脚に草が絡《から》みつく度、「うっ」と短く悲鳴を上げてしまう。

「舞奈ちゃん、大丈夫？」

千帆が慌てて声を掛ける。沈した際に水を呑み込んだのか、舞奈は平泳ぎをしながら器用に咳《せ》き込んだ。希衣が同じことをやったら、犬搔《いぬか》きになってしまうだろう。

「だ、大丈夫です。すみません、私がバランスを崩して」

「謝ることないよ。最初はみんな落ちるから」

結局、四人が救出されたのは残り三艇がゴールした後だった。第四レーンの越井戸高校のチームも転覆していた。今日は風の勢いが強いため、その影響も大きかったのだ。

　陸に上がった後、舞奈は明らかに落ち込んでいた。ラッシュガードのおかげで身体の表面はすぐに乾いたが、それでも体温は下がっている。ぶるりと身を震わせた希衣の隣に、恵梨香が並んだ。

「こういう時、なんて声を掛けるのが正解なんでしょう」

「人間歴が浅い湧別さんには難問か」

「鶴見先輩なら分かるんですか？」

「なんと声を掛けても正解だし不正解ってことなら分かる」

「どうしようもないってことですか」

「そうでもない」

　チーム内でのミスを一番気にするのは、ミスをした本人だ。周りがなんと言おうと自分を責めがちだし、引きずりやすい。

「せめてペアでのミスだったらなぁ。最初のフォアで沈しちゃうと後々に響くし」

　前に目を向けると、俯《うつむ》いている舞奈を千帆が励ましている。次に舞奈が出るレースはWK-1だ。シングルだと艇内にフォローしてくれる人間はいない。

「あ」

不意に恵梨香が声を漏らす。思考のせいで下がっていた視線を、希衣は無理やり上げた。通路脇《わき》にいた人物が舞奈の頭にがさつにタオルを被せている。二十代前半の、綺麗《きれい》な女の人だった。

「お姉ちゃん！」

ぱっと表情を明るくした舞奈が、そのまま女性に抱き着く。どうやら彼女が件《くだん》の姉らしい。スキニーパンツにネイビーのシフォンブラウスというシンプルなコーディネートはどこか大人びた印象を受ける。ラフに捲《まく》られた袖《そで》からは、腕時計のレザーベルトが覗《のぞ》いていた。

「アンタ、落ちてたわね。さっきのレース見てたわよ」

単刀直入な物言いに希衣は肝を冷やした。しかし舞奈は気にした様子もなく、自身の頬を手で拭《ぬぐ》った。

「む、むずかしくて」

「次は何のレースなの」

「シングル」

「じゃ、今度こそゴールしないとね」

タオル越しに、女性が舞奈の頭を乱暴に撫でる。「髪がぐちゃぐちゃになるよ！」と舞奈が口を尖らせる。その口調に甘えのようなものを感じ取り、希衣は内心で安堵《あんど》した。

「姉がいるってあんな感じなんですね」と恵梨香が淡々とした口調で言う。遠巻きに眺めていたこちらに気付いたのか、女性がニコリと白い歯を見せて笑った。

「もしかして、三人はながとろ高校のお友達？　舞奈の先輩かな」

「恵梨香は先輩じゃなくて同級生だよ」

「えー、大人っぽいわねぇ。アンタがちんちくりんだから」

「私だってこれから身長が伸びるかもしれないもん」

「希望的観測ね」

舞奈から手を離し、彼女は軽く頭を下げた。コントのような、どこか作り物めいた動きだった。

「私、舞奈の姉の大久《おおく》保《ぼ》愛奈《あいな》です。いつも妹がお世話になってます」

「大久保？」

怪訝《けげん》そうな声を漏らしたのは恵梨香だった。舞奈は肩を竦める。

「私の両親、離婚してるの」

なんてことないように告げられた台詞に、希衣は言葉を詰まらせた。初めて知った情報だった。それは恵梨香も千帆も同じだったようで、仕草から動揺が滲《にじ》み出ていた。

舞奈が慌てて言葉を重ねる。

「あ、気にする必要ないですよ。うちの家族、離婚しても絶縁してるとかそんなんじゃないですし」

「それに、今時離婚なんて珍しくないしね。普通よ、普通」

あっけらかんと笑う愛奈を見ていると、確かに舞奈と雰囲気がよく似ている。芯《しん》がしっかりしているというか、明るいというか。

「舞奈も元々は大久保舞奈だったのよね。でも、父親の旧姓に途中で変わったから」

「黒部舞奈もカッコいいからいいの」

「そうね。あとアンタ、『お』だと出席番号が早いから嫌だって言ってたわね。名字を変えたの、それが理由なんじゃないの」

「そ、そんなことはないこともないけど」

「とまぁ、そんな緩いノリの妹なんで、カヌー部の皆も余計な気は遣わないでね。この子、深く考えてないだけだから」

姉妹の軽快なやり取りはこちらへのフォローの意味合いもあったようだ。希衣は「勿論です」と力強く頷く。選手の家族と会話するのには慣れていた。一方で、恵梨香は気まずそうに目を泳がせている。人見知りはなかなか直らないらしい。

「お姉さんは高校の頃、何か部活とかされていたんですか？」

話題を振ったのは千帆だった。自然な動きで愛奈の傍らに立ち、そのまま歩き出す。

「私、スポーツはからっきしダメで。合唱部だったの」

「そうなんですか。じゃあコンクールに出たり？」

「そうそう。部活っていいわよね、大人になるとあんな熱量で何かに打ち込むことなんてなくなっちゃうから」

「大人になったらお仕事が部活の代わりになるんですかね」

「あんなもん、全くの別物よ。私は食っていくためにやってるんだって割り切ってる。あ、高校生の前でこんな夢の無いこと言う大人ってよくないよね。周りの友達とかだと、夢を叶《かな》えてそのまま仕事にしてるって子も多いよ。これが天職！　っていつも言ってる」

「私もそうなれたらいいんですけどね」

「まぁ、そういう子達にも苦労はあるだろうから、どれがいいかなんて分かんないけどね」

軽やかな話し声が次第に遠ざかる。恵梨香は舞奈の隣に立つと、その顔を覗き込んだ。輪郭に沿って伸びる黒髪が小さく揺れる。

「お姉さんいるの、いいね」

「優しいんだよ、お姉ちゃん。お下がりもくれるし」

「お下がりくれる姉を優しいって言うのが凄いね」

つい希衣が口を挟んだのは、同じ状況になった時の妹の態度を思い出したからだ。妹は希衣の服に対して「ダサイ」だの「地味」だの好き勝手言う。

前を歩く二人を見遣《みや》り、恵梨香が軽く首を傾げる。

「舞奈が長瀞《ながとろ》に来たのって、もしかして離婚が原因？」

「そう。お母さんたちは東京でこのまま住めって言ったんだけどね、お父さんを一人にするのは可哀想《かわいそう》だったから」

「カワイソウ」と希衣は思わず言葉を繰り返してしまった。

今まで父親の存在を恥ずかしいと思ったことはあるが、それは彼の言動があまりに子供っぽいからだ。あくまで照れとか、友達に知られたくないとかそういう感情であって、憐憫《れんびん》の対象ではない。きつい言動になってしまうのも、父親ならば絶対に許してくれるという甘えが根底にあるからだ。だけど、舞奈はそうじゃない。舞奈は親をそういう風には見ていない。

今まで自分はずっと、舞奈のことを苦労を知らない子供だと思っていた。皆に愛され、何一つ不自由なく育ったからあんな風に天真爛漫《てんしんらんまん》な性格でいられるのだ、と。

恥ずかしい。頬の内側が燃えるように熱かった。これまでの舞奈に対する自分の発言が思い出され、その無神経さに自分で自分に腹が立つ。

「……でも、だとしたら舞奈の両親が離婚してくれて良かった」

淡々と恵梨香が紡《つむ》いだ言葉に、舞奈が怪訝そうに顔を上げる。恵梨香は表情を変えないまま、率直な気持ちを口にした。

「だって、そうじゃなかったら一緒にこうしてカヌーできなかったし」

いや、言いたいことは分かるけども、と希衣は内心で狼狽《うろた》えた。それはあまりに失礼な発言ではないか。

だが、当の舞奈は気分を害した様子もなく、にっこりと笑みを深くした。タオルを頭に載せたまま、ぎゅっと恵梨香の腰にしがみつく。

「私もそう思う！」

そのまま密着する一年生二人に、希衣は呆気《あっけ》にとられた。気遣った自分が馬鹿《ばか》みたいだと思い、そして反射的にそんなことを考えた自分にゾッとした。舞奈への労《いたわ》りは彼女の為のものであったはずなのに、無意識の内に労りが評価されないことへの不満を抱きそうになっていた。

口内に溜まっていた唾を呑み込み、希衣は意識的に背筋を正す。

「黒部さんがカヌー部に入ってくれて、私も嬉しいよ。千帆もフォアで出場できるってはしゃいでたし、ながとろ高校に来てくれて本当に良かった」

舞奈がパシパシと瞬《まばた》きを繰り返す。川に落ちたせいでしぼんだ彼女の髪も、時間が経《た》ったおかげで乾き始めている。タオルからこぼれた髪は気ままに跳ね、普段よりも癖がより強く出ていた。

舞奈の唇が綻《ほころ》び、やがて喜色満面に笑う。

「ありがとうございます！」

その素直さを、正しく受け止められる人間でありたいと思う。捻《ひね》くれた自分のような人間は、どうにも毒を見せない相手を軽視しがちな傾向にある。

まだ湿りの残るポニーテールの先端を摑み、希衣はそっと握り潰《つぶ》した。会場に響き渡るアナウンスの声がやけに澄んで聞こえていた。

シングルもペアも、舞奈の出番を見守ることはできなかった。というのも、彼女の出艇するレースの前後で、自分の番がやって来るからだった。WK－2では希衣と恵梨香は危なげなく決勝レースに進出したが、舞奈と千帆は惜しくも準決勝止まりとなった。WK－1では恵梨香、希衣、千帆が決勝レースに進出、舞奈は予選レースの途中で転覆して失格だった。新人大会では転覆は珍しいことではなく、他校でも沈する選手が続出した。風速と転覆は切っても切れない関係だ。もしも大会が今日でなければゴールできた新人選手も多かっただろうに。

「ま、こればっかりは慣れだしね」

スタンバイ位置についた亜美が器用にパドルを動かしている。WK－1の決勝レースはすぐそこまで迫っていた。

去年、インターハイに出場した亜美は越井戸高校の二年生だ。希衣たちと同じく小学生の頃からカヌーをやっている。準決勝では一位だったため、第六レーンを割り振られていた。ちなみに、中央の第五レーンは別レースで一位だった恵梨香だ。第四レーンが千帆、第七レーンが希衣となっている。どのレーンを漕ぐかは準決勝の順位によって決められるため、決勝レースでどの場所が有利かを考えて順位を調整する選手もいる。それも一つの戦略だ。

「うちの学校も何人か沈しちゃってさー、へこんでた」

「越井戸、初心者多いしね」

「風が強くなきゃもう少しマシだったとは思うんだけどね」

「でも亜美は風が強い日の方がレース強いじゃん」

「私はねー。でも流石《さすが》に部長だからさ、風が強くなってくれとは思えないよ。私だけ結果だしても意味ないっていうか」

二年生になり、役職を受け持つようになった同学年の知り合いも多い。希衣や千帆は人がいないせいで一年生の時から部長と副部長だったが、他校では三年生の引退のタイミングで役職を引き継ぐことが多い。

「それに、ながとろが強すぎるんだもん。文部科学大臣杯震えたよ、アンタんとこにいるの化け物じゃん。なにあのタイム」

「ね」

「いや、『ね』じゃなくて。希衣も千帆もよくやってると思うよ、私だったら面倒みる自信ないな。何言っても小馬鹿にされそう」

「湧別さんはそんな捻くれた子じゃないからね」

「だから希衣とやってけるんでしょ」

「こんなに性格の良い奴《やつ》捕まえて何言ってるんだか」

「性格が良い奴は自分でそんなこと言わないっての」

ケラケラと笑い声をあげながら、亜美はサングラスのフレームを軽く持ち上げる。スポーツ用のそれはレンズが虹色《にじいろ》に輝いていた。

「そういや聞いた？」

「聞いてない」

「まだ何も言ってないじゃん」

即答した希衣に、亜美が未《いま》だ笑いの残る声で言う。

「富士曙《ふじあけぼの》の神田《かんだ》と堀《ほり》、二人で墨田《すみだ》大学行くらしいよ。優勝したから堀にもスカウト来たんだって」

「……ふーん」

「なんでちょっとイラッとしてんの」

「その報告、私にはきてないなって思って」

神田と堀は、山梨県の富士曙高校に通う三年生だ。先日のインターハイのＷＫ－２で優勝したペアでもある。あの二人も小学生からカヌーをやっている組《ぐみ》なので、希衣や亜美とは旧知の仲だ。

インターハイの時には堀の癇癪《かんしゃく》に手を焼かされたが、最終的には丸く収まったらしい。面倒な堀の相手をしてやったのだから、神田から謝礼をもらわないと割に合わない。

「じゃ、会った時に言ってやれば？　今年の冬もやるでしょ、関東合同勉強会」

「三年は引退してるでしょ」

「大学も続ける組は別じゃない？　練習あるし」

「それもそうか」

関東合同勉強会は、任意の合宿行事だ。意欲のある生徒が集まってトレーニング方法などの講習を受ける。年によってはトップ選手を指導者として呼ぶこともある。

冬は乗艇練習が難しい季節だ。水温は下がるし、地域や気候によっては水面が凍る。だからこそ陸でのトレーニングや理論の勉強に本腰を入れる学校が多い。肉体を鍛えることが、結局はスピードアップに繋《つな》がる。

「発艇五分前、発艇五分前。選手の確認を行います」

聞こえて来たアナウンスに、希衣と亜美は顔を引き締めた。無駄口を叩《たた》くのをやめ、レーンに移動する。

新人大会では転覆が多く起こるが、WK-1の決勝レースともなると残っているのは二年生部員や経験者ばかりだ。岸では舞奈が姉と共に応援しているのだと思うと、良いところを見せてやりたいという気持ちが湧《わ》いてくる。

発艇線に艇を揃え、希衣は大きく深呼吸した。水面に、自身の艇が真《ま》っ直《す》ぐに浮かんでいる姿を想像する。時折吹き抜ける風は強いが、バランスを崩すほどじゃない。

「全艇よし」

第九レーンまで全《すべ》ての艇が揃ったのを確認し、運営スタッフが息を吸い込む。希衣はパドルを握り締めた。

「Ready set go!」

その瞬間、一気にストレッチャーを踏み込む。カヌーの推進力は上半身と下半身の二つの力が合わさって生み出される。コックピットに乗り込むとコックピットカバーを付けるために下半身が見えなくなるが、優秀な選手ほど下半身の使い方が上手い。

恵梨香がいい例だ、と希衣は前を進む後輩の後ろ姿を見遣《みや》った。横並びの集団からあっと言う間に抜け出した恵梨香の背中は、開始早々に遠い場所にある。

視界の右側ではすぐ間近に亜美の存在を感じる。その向こう側にいる千帆の艇首は亜美よりも前にあった。ロケットスタートは千帆の幼い頃からの得意技だ。スタミナが無い分、後半で失速しやすいが。

安定型の亜美はとにかく辛抱強い。向かい風がきてもタイムが落ちにくく、環境が悪い時ほど結果を出しやすい。

じゃあ、自分はどうだろう。

他人の分析は得意だ。自分の分析も。だけど、分析ばかりを繰り返しても結果に結びつかなければ意味がない。

今年の夏、希衣を最も大きく変えたのは芦田の存在だった。高校生になってから、カヌーは全て独学だった。檜原は頼りになる顧問だけど、カヌーについてはからっきしだ。

それを不満に思ったことはなかった。自分で全てなんとかできると思っていた。

だけどいざ芦田の指導を受けると、自分の練習がいかに甘かったか痛感した。「自分の肉体をいじめて何かをやったような気になるのは単なる自己満足だ」と芦田は言った。

耳が痛かった。その通りだと自分でもどこかで分かっていたから。

パドルを水に差し込み、そのまま艇を引き寄せる。上がる飛沫《しぶき》が頰に掛かり、キャップからこぼれる黒髪が肌に張り付いた。千帆の背中はまだ前にある。だけど、遠くにあるわけじゃない。

残り一〇〇メートル。ブイの色が赤くなったのを確認し、希衣は奥歯を嚙み締めた。

恵梨香は既にゴールしている。

パドルのシャフト部分を握り締め、意識的に大きく腕を動かす。ラスト五〇メートル。余力を残す必要はない。

「――っ」

吐き出す息の音がやけにうるさく感じられた。乳酸が溜まりつつある脚の悲鳴を無視し、希衣はストレッチャーを踏み込んだ。亜美の艇首は自分のものよりずっと前にある。じゃあ、千帆は。

――自分は千帆に勝てるのか。

第四レーンを走る明るい水色の艇が見えていた。千帆と希衣の艇にほとんど差はなかった。残り一〇メートル。希衣の赤色の艇が、千帆の水色の艇を追い越そうとする。その瞬間、肩の力がふっと抜けた。

自分でも何故《なぜ》そうなったのか理解できなかった。二つの艇はゴールラインを越え、そして順位が決まる。水を切り裂いて進んできた艇の先端が緩やかに速度を落とす。飛沫が消え、見せかけの凪《な》ぎが希衣と艇を包み込んだ。

胸を押さえ、呼吸を整える。興奮で心臓がバクバクしていた。その割に頭は冷静で、最後の瞬間をスローモーションのように脳内で繰り返している。「結果は？」なんて聞かなくても分かっていた。

先にゴールしていた恵梨香はずっとこちらを凝視していた。その眉根《まゆね》が寄ったのが、少し距離がある場所からでも分かった。キャップの鍔に手を掛け、彼女は希衣から顔を逸《そ》らす。

「天神先輩の方が先でしたね」

「本当？　接戦だったね」

ふうふうと息を切らした千帆が、希衣へと微笑みかけた。そのすぐ傍らでゴールしていた亜美が肩を竦める。

「相変わらず湧別恵梨香がダントツ一位？　ヤバくない？」

「亜美ちゃんも速かったよ」

パドルを膝に置き、千帆がフォローにならない言葉を掛けた。亜美はパドルを素早く下ろすと、千帆と希衣の顔を交互に見比べた。

「ってか、希衣と千帆はどっちが三位だったの」

「千帆だよ」

「マジ？　絶対に希衣が勝つと思ったのに」

サングラスを外し、亜美が両目を手で擦る。日に焼けた頬は水飛沫のせいで濡れていた。

「……私も、」

響いた声に、三人の視線が吸い寄せられる。ピンク色のキャップの鍔の下で、恵梨香の咎《とが》めるような眼差《まなざ》しが真っ直ぐに希衣を貫いた。

「私も、鶴見先輩が勝つと思いました」

その声に滲んでいたのは、濃い落胆だった。失望と表現した方が正確かもしれない。春の頃であれば気付かなかったであろう恵梨香の心の機微が、今の希衣には手に取るように分かってしまう。

きっと、亜美からすると今の恵梨香は普段と何ら変わらずに見えるのだろう。もしかすると、千帆の目にすら同じように映っているのかもしれない。だが、希衣には分かる。この夏を、二人は一緒に乗り越えてきたのだから。

レース中の水飛沫とは明らかに違う、冷たい何かが背を伝う。ヒヤリとした感覚が不快だった。

「でも実際負けちゃったし」

「そうですね。鶴見先輩は天神先輩に勝てない」

「恵梨香ちゃん、その言い方は……」

千帆が慌てて口を挟む。恵梨香は嘆息すると、軽く頭を振った。肩より短い黒髪が動きに合わせてさらりと揺れる。

「でも事実ですよね」

「そうだね」

喉《のど》がひくついた。恵梨香は希衣に、本当はこう言いたいのだ。

鶴見先輩はわざと天神先輩に負けたんじゃないですか、と。

「よっしゃ、終わったぁ！」

背後から聞こえた歓声に、希衣たちは自然と振り返る。ゴールした直後の五位の選手が水面にパドルの先端を叩きつけていた。水滴が辺りに飛び散り、水面にいくつもの波紋を作る。

ハッと我に返った様子で、亜美が「お疲れ」と声を掛ける。越井戸高校の一年生部員だ。確か、亜美とペアを組んでいた子だ。

キリキリとした緊迫感は一瞬にして霧散し、他の選手へと意識が移る。気まずい会話はうやむやになり、希衣と千帆は温かな眼差しでゴールする選手たちを迎え入れる。

正直に言うと、助かった。千帆がいるところであれ以上事を荒立てたくなかったから。

全てのレースを終えて各選手の詳細なタイムが出てからも、希衣はＷＫ‐１決勝レースについて考えていた。千帆とのタイムは０・03秒差だったから、あの時にパドルを動かしていれば結果が変わった可能性は高い。

わざとなのか？　いや、まさか。

レース中に手を抜いたつもりはない。千帆に勝つつもりで挑んだシングルレースだった。だが、無意識の内に手を抜いたのではないかと指摘されたら言い返すことができない。何故なら、自分でも自分が分からないから。

「希衣先輩と恵梨香、今回も優勝してましたね。すごーい！」

南栗橋《みなみくりはし》駅へと向かう道中、ジャージ姿の舞奈がぴょこんとその場で飛び跳ねた。会場である行幸湖から家までは電車移動だから、希衣たちはパドルを背負いながら帰路についていた。

新人大会はつつがなく終わった。ＷＫ－２の決勝レース、恵梨香と希衣が交わした言葉は少なかったが、普段通りの実力が発揮できた。ＷＫ－１では一位、三位、四位をながとろ高校が勝ち取れたし、華々しい結果を残せた。胸を張るべきなのだ、本当は。そう思っているのに、希衣の胸中は晴れなかった。それは先ほどから恵梨香が黙り込んでいることも少しは関係しているかもしれない。

「舞奈ちゃんも頑張ってたね」

後ろを歩く舞奈に、千帆がわざわざ振り返って相槌《あいづち》を打っている。希衣と千帆は前、舞奈と恵梨香は後ろと二組に分かれて歩いていた。

アスファルトで固められた道路を踏みつける度に、靴底ががりがりと削れるような感触がする。道路脇に流れる用水路を見下ろすと、風が吹き抜ける度に生い茂るスズメノカタビラが緑に波打っていた。

「頑張りましたけど、頑張りが足りなかったかもしれないです」

「そんなことないよ」

「千帆先輩は優しく言ってくれますけど、私、悔しくて。フォアで落ちたのが」

弾むような舞奈の声が、心地よく希衣の耳朶《じだ》を打つ。本気で悔しがっているのだろうけれど、少し舌っ足らずな彼女の喋《しゃべ》り方が真剣な印象を削《そ》いでいる。

隣を歩く千帆が小さく笑ったのが分かった。

「今日は風が強かったからね、仕方ないんじゃないかな」

「でも、ゴールしたかったです。失格したらタイム残せないじゃないですか」

「次こそ頑張ればいいよ」

「次っていつです？」

「来年の埼玉県大会。その頃には新しい一年生が入って来てるかもね」

千帆の言葉に、舞奈は一瞬にして「一年生！」と声を明るくした。その切り替えの早さに希衣は呆気に取られた。

舞奈がフフンと得意げに腕を振る。

「私も先輩になるってことですね」

「そうだよ？　舞奈先輩って呼ばれちゃうかも」

「それは良いですね！　今からワクワクしてきました」

「あはは、舞奈ちゃんはそうやって笑ってる方がいいね」

ね、の部分で千帆がちらりとこちらを見たのが分かった。右、左、右、左。規則的なはずの自分の歩みが一瞬だけ乱れた。無意識下で上手くやれている行動は、いざ意識すると急に不具合が発生するから恐ろしい。

「黒部さんは良い先輩になる気がするよ」

「本当ですか？」

「なんというか、面倒見が良さそう」

「確かにね」

千帆が頷く。その靴底から伸びる影に、いやに目を惹《ひ》かれた。彼女の影は希衣の影と途中でくっついて、一つの塊みたいになっている。

「じゃあ私、埼玉県大会で今度こそ頑張って、後輩に良いところを見せるのを未来の目標にします！」

拳《こぶし》を高く掲げた舞奈とは対照的に、恵梨香は黙ったまま道路の白線を見つめている。アスファルトに引かれた真っ直ぐな線は途中で掠《かす》れて消えかかっていた。

第三章

そこにいるのは推しか、好敵手か

side　舞奈

吐き出した息が白いのは、ここ数日急激に冷え込んだからだった。ダウンジャケットの上からマフラーを巻き付け、舞奈《まいな》はさらにイヤーマフを装着する。スカートの下に穿《は》いているのは裏起毛の防寒タイツだ。早朝の自転車通学をするには、これだけ装備したって足りない。

胸いっぱいに朝の空気を吸い込むと、肺の内側がキーンと痛んだ。冷たすぎる空気に身体《からだ》が驚いて、ぎゅっと心臓が縮こまった。

自転車のペダルに足を掛けたまま、舞奈は前を進む恵梨香《えりか》の背を見つめる。下り坂に差し掛かっていたから、普段は見上げてばかりの恵梨香の頭も今だけは目線より下にある。恵梨香は冬の間、黒のニットキャップを被《かぶ》って登校していた。イヤーマフより快適らしいが、それは直毛の人間だから言える台詞《せりふ》だと思う。舞奈がキャップを被って脱いだらあっと言う間に髪がボサボサになってしまう。

舞奈のデビュー戦である新人大会からかれこれ四か月近くが経《た》っていた。十二月も半ばに差し掛かり、季節はすっかり冬である。冬休みに、クリスマスに、お正月。年末年始は楽しい行事がてんこもりだ。勿論《もちろん》、冬期補習なんて恐ろしいものもあるが。

「舞奈はどうするの、冬休み」

「家族でのんびりするよ。恵梨香は？」

「ハワイかなぁ」

「ハ、ハワイ」

坂が終わり、学校はもうすぐそこだった。舞奈はペダルを大きく踏み込む。

冬は乗艇練習が出来ないから、舞奈が朝練習に行く機会も少なくなった。その分、朝、恵梨香と一緒に通学する機会は増えた。恵梨香は自分で練習メニューを完璧《かんぺき》に管理しているので、朝練習には来たがらないのだ。

「毎年そうだよ。ハワイに行って、皆バラバラに好きなことやる。私はカヌーしてることが多いけど」

「せっかく家族でハワイに行くのにバラバラに行動するの？」

「しないの？」

「んー、するかしないかで聞かれたら、ハワイに行ったことがないから分かんないなって答えるしかないけど」

「舞奈、海外行ったことないの？」

「ないよ！　ずっと日本」

　友達から土産はもらったことがある。ハワイだったらマカデミアナッツチョコレート、シンガポールだったらドライマンゴー、台湾だったらパイナップルケーキ。だけど、舞奈自身は海外に行ったことが一度もない。それどころか、飛行機に乗ったことすらなかった。高校の修学旅行は沖縄らしいから、その時がきっと初めての飛行体験だ。

「恵梨香は飛行機に慣れてるの？」

「まぁ、そこそこかな。舞奈がスマホを持ってたら、どこにいてもあけましておめでとうって挨拶《あいさつ》できるのにね」

「うーん、スマホかぁ。お姉ちゃんには買ってあげるって言われてるんだけどね」

「お姉さんって、新人大会に来てた人？」

「そう！　でも私、スマホがどうしても好きじゃなくて」

「なんで？」

　校門に辿《たど》り着き、恵梨香がブレーキを掛ける。混雑する敷地を自転車で走るつもりなんぞ毛頭なく、舞奈と恵梨香は駐輪場まで自転車を押して進む。

　校舎へ向かう生徒は防寒対策をしっかり行っている子が大半だが、女子生徒の一部はスカートの下にタイツを穿いていない。外気に晒《さら》された太腿《ふともも》は真っ白で、如何《いか》にも冷たそうだった。

「なんでって言われると……いつでも繋《つな》がらなきゃいけない感じが苦手というか」

「なんか不思議だよね。舞奈がそういうこと言うの」

「そうかな」

「舞奈、人間が好きでしょう？　だから少し意外」

　カラカラカラ。車輪が回る音が足元から浮き上がって聞こえる。ダウンジャケットの表面を手で押しつぶしながら、舞奈は「うーん」と唸《うな》った。

「あれば便利なのは分かってるんだよ。友達にも早く持てばって何度も言われてるし」

「じゃあ持てばいいのに」

「でもなんか、踏ん切りがつかないというか」

　ハンドルを握る指に力を込め、舞奈は意図的に口角を上げた。舞奈にとって、スマートフォンは引き金だ。和やかな家族の団欒《だんらん》、穏やかな時間。それを壊すのはいつも、父親のスマートフォンの着信音だった。

　別に、父親を悪者にするつもりはない。だけど、こちらに引っ越す前の父はスマートフォンに振り回されていた。いや、それも本当は正確ではない。父親が振り回されていたものは、機械の先に存在する職場であり、人間関係だった。

　もしもスマートフォンが無い時代に生まれていれば、両親は離婚しなかっただろうか。そんな馬鹿《ばか》げたことを、不意に考えることがある。勿論、舞奈は父と母の決断を尊重しているし、そこに不満なんて一つもない。ただの可能性の話だ。

「人間関係を苦しいって思いたくないのかもなぁ。ほら、スマホがあったら今は喋《しゃべ》りたくないなって時でも返事とかしなきゃいけないし」

「逆に寂しいなって時はないの。あの子と連絡したいなとか」

「ある。いっぱい！」

「なら買ってもらったら？」

「……ぐう！」

「ぐうの音って出ない時に使うんじゃないの」

　フハッ、と恵梨香が表情を崩さない程度に笑いをこぼす。トタン屋根の付いた駐輪場は、四角の白線で囲われている。線からはみ出さないで、と看板に書かれているが、大抵はみ出すほど自転車が停まっていることはない。特に冬は電車通いに切り替える生徒が多い。

　自転車の鍵《かぎ》をかけ、舞奈は無くさないようにキーホルダーを鞄《かばん》の内ポケットにしまう。一週間に一度は鍵が鞄のどこかに消えてしまい、その度に見つかるまで恵梨香に待ってもらう羽目になる。

　ガン、と勢いよく自転車のサイドスタンドを蹴《け》り、恵梨香は他から少し距離をとって自転車を停めた。

「恵梨香はあるの？　寂しい時」

「最近は、少し」

「夜、私と会いたくなったりする？　私は恵梨香と喋りたいなーって思う時あるよ。面白いテレビ見たとか美味《おい》しいケーキを食べたとか、報告したいもん」

「そんなことを報告されても困るけどね」

　キャップの端を引っ張りながら、恵梨香がどこかぶっきらぼうな言い方をする。照れ隠しだろうなと思いながら、舞奈はその腕に抱き着いた。ぼふん、とダウンジャケットの空気が柔らかに抜けた。

「いやぁ、それにしても凄《すご》いことだよね」

「何が？」

「クラスメイトに日本選手権で優勝した子がいるって事実が」

　教室のフローリングの木目に沿って、クラスメイトの渡辺《わたなべ》秋穂《あきほ》がモップを動かしている。舞奈はこのモップの先端部分の水を絞り器で絞る作業が好きだった。

　昼休み後の二十分は清掃時間に当てられ、クラスの半数ずつが交代で掃除をする。掃除場所は教室、廊下、階段の三か所で、どこに当たるかは順番だ。

　舞奈と秋穂は先日の席替えのタイミングで同じ班になったため、一緒に掃除をすることが多い。別の班の恵梨香は今頃、階段で掃き掃除をしているところだろう。

「九月の大会の話？」

「そう。昨日さ、私、恵梨香ちゃんとたまたま二人で喋る機会があったのね。職員室前で一緒になってさ」

　秋穂は生まれてからずっと長瀞《ながとろ》に住んでいる。恵梨香とは同じ小学校、中学校に通っていたが、恵梨香が不登校だったためにそこまで親しい関係というわけでもなかった。

　せっかく同じ高校で同じクラスになったのだから、恵梨香と仲良くなりたい。そんな想《おも》いから、秋穂は恵梨香と距離を詰めるべくカヌーの勉強をしていた。

「それでね、カヌーの話とか色々できたの。恵梨香ちゃん、私とも普通に話してくれて」

「良かったー。秋穂、ずっと頑張ってたもんね」

「日本選手権のこともさ、ネット中継見たよって話をしてさ。カッコ良かったなぁ、あの時の恵梨香ちゃん」

　秋穂の足元で、モップが行ったり来たりを繰り返す。彼女がうっとりと語っている場面を、舞奈は現地で実際に目にした。ＷＫ‐２の決勝レース、恵梨香と蘭子《らんこ》は大学生や社会人の選手たちと戦い、圧勝していた。

　恵梨香を取り巻く環境は、この夏で大きく変わった。基準タイムを満たしていたため、恵梨香は蘭子と共に早々に強化選手に選ばれた。二人が国際大会でペアを組むことはほぼ確定で、アジア選手権大会や世界大会などに出場する予定になっているらしい。舞奈は詳しくは知らないが。

休日に恵梨香がながとろ高校ではなく蛇崩《じゃくずれ》学園高校で過ごす機会も増えた。蛇崩学園のコーチがわざわざ車で迎えに来てくれて、蘭子と共に練習を行っている。そこに芦田《あしだ》が同伴することも多いから、カヌー部の部室は夏の頃に比べて少しだけ閑散としている。

「舞奈もさ、新人大会出たんでしょ？　楽しかった？」

「んー、楽しかったけど悔しかったかなぁ」

「なんで？　初心者なんだから失敗したってへっちゃらじゃない？」

「シングルだったらね？　でも、フォアでやらかしたから。ペアでも千帆先輩の足を引っ張っちゃったし」

「でも千帆先輩はめちゃくちゃ楽しそうだったよ？　夏休み明けの時、『後輩と組むのって新鮮で楽しい』って嬉《うれ》しそうに言ってたもん」

そういえば、秋穂は千帆と同じ農園部に所属していたのだった。千帆はカヌー部と農園部を兼部しており、収穫の時期など農園部が忙しい時はそちらに掛かりっきりになることがある。

「本当に千帆先輩がそんなこと言ってたの？」

「本当だって。私、嘘吐《うそつ》かないよ」

得意げにそう告げる秋穂に、舞奈は「確かに」と頷《うなず》くしかなかった。眼鏡のレンズの奥で、彼女の双眸《そうぼう》がきゅっと細められる。

「初心者なのに上手《うま》い人たちと一緒にやってるのって、すごいことだと私は思うな。もし自分だったら絶対に耐え切れなくて辞めてるもん」

「耐え切れないって何に？」

「こう、実力差っていうの？　一人だけって辛《つら》いじゃん」

「そんなことないよ。みんな優しいから気にならない」

「じゃあカヌー部は良い部活ってことだね」

真《ま》っ直《す》ぐな褒め言葉に、舞奈はくすぐったい気持ちになった。カヌー部のことを褒められるのは、自分のことを褒められるよりも嬉しい。

「来年の埼玉県大会は応援に行きたいなー。舞奈も出るんでしょ？」

「シングルにもペアにもフォアにも出るよ！」

「おおー、すごい。大活躍だ」

「活躍できるかは分かんないけど、次こそフォアでゴールしたい。それで、決勝レースで三位以内に入って関東大会に出場したいの」

「舞奈ならできるよ。カヌーは冬の身体作りが重要なんでしょ？　YouTubeで見たよ、今の時期に身体をきちんと作ったら一気に記録が伸びますって」

「それ、大森《おおもり》先輩達のチャンネル？」

「そうそう。あの子達、ホント可愛《かわい》いよね。私、インスタまでフォローしちゃった」

秋穂が名前を出した大森姉妹は、姉の大森椿《つばき》と、双子の楓《かえで》と桜《さくら》の三人姉妹で、楓と桜は千葉県の強豪である小見山《おみやま》高校の選手だ。椿は既に大学生で、強化選手の一人だった。

三人は『大森姉妹』と名乗り、精力的にネット活動を行っている。YouTubeではカヌー動画の他にもバラエティー色の強い企画動画などをアップしており、最近では地元のテレビ番組に取り上げられたりして、美少女インフルエンサーとして注目されつつある。

「冬休みに関東の高校のカヌー部の子達で集まって勉強会をやるんだけど、そこに大森先輩達も来るんだって」

「へぇ。恵梨香ちゃんとか利根《とね》蘭子選手とかも参加するの？」

「ううん、あの二人は不参加って聞いてるけど。その時期はトレーニングセンターに行くらしくて」

「やっぱりそうだよね。あそこまで別格だと、高校生に混じるのって変だもんね」

あっさりとそう言って、秋穂はモップを手に前進し始めた。後を追いかけるでもなく、舞奈はその場に立ち尽くす。『やっぱり』『変』。秋穂の目には、そんな風に恵梨香達が映っているのだろうか。

変じゃないよと言えばよかったな、と舞奈は数秒前の自分を反省する。タイミングを逃した言葉は舞奈の喉《のど》にぶら下がり、出来の悪い空中ブランコみたいに奇妙なバランスで硬直している。

ごくん。唾《つば》を呑《の》むと、反省はあっと言う間に食道へと押し流されていった。居心地の悪さをすっかり忘れ、舞奈は笑顔で秋穂の背中を追いかける。

そうやって、舞奈の時間は進む。これまでも、これからも。

冬のカヌー部の部室は寒かった。造りがプレハブだし、石油ストーブはあるが、勿体《もったい》ないという理由で灯油をケチらされる。

「黒部《くろべ》さん、トレーニングしようか」

ダウンジャケットを着込んでベンチに座っていた舞奈に、ジャージに着替えた希衣《きえ》が声を掛けてくる。農園部に行った千帆と、今後の予定を担任と話しに行った恵梨香は欠席だったため、部室には舞奈と希衣の二人しかいなかった。

「はい。今日こそムキムキになります」

「そんなにすぐに筋肉はつかないけど。最初に比べたら黒部さんの身体も鍛えられたと思うよ」

「本当です？」

希衣の横に並び、舞奈は自分の腕を折り曲げて見せた。ダウンジャケットの上からだから、上腕二頭筋がどうなっているかさっぱり分からない。

部室の四方には中心を取り囲むようにして四枚の姿見が置かれている。フォームを確認するために置かれたものらしい。

「黒部さん、いつまでダウン着てるの」

「あ、脱ぎます」

慌《あわ》ててダウンジャケットを脱ぎ、ベンチへ丸めて置く。その下に着ているのは冬用の体操服だった。

カヌー部員達の練習メニューは一週間ごとに芦田が考えてくれるもので、舞奈達はウエイトやラン、体調、体重、心拍数などの情報を細かに記録する。希衣や恵梨香はスポーツウォッチをつけているため、より詳しいデータが取れているらしい。

「こういう時、エルゴが二台あって良かったなって思うよね」

「あ、はい」

思考していたせいで、相槌《あいづち》が一瞬遅れた。希衣はお見通しと言わんばかりに肩を竦《すく》めた。

「緊張してる？」

「そんなことはないですけど、エルゴはあんまり得意じゃなくて」

エルゴとは、ローイングエルゴメーターの略だ。英語で書くとrowing ergometer、rowは漕《こ》ぐを意味する単語で、ergometerはスポーツを実際に行っているかのように肉体に負荷を掛ける器具のことを意味する。カナディアン用のcanue ergometerとカヤック用のkayak ergometerがあるが、ながとろ高校にあるのはカヤック用のものだ。

この前の英語テストでrowの意味が出題された時、舞奈はラッキーと思った。この問題のおかげで赤点を回避できたのだ。

希衣はバインダーに挟まれた紙を捲《めく》り、今日の練習メニューを確認している。

「今日はエルゴだって。三分オン、三分レストを十本」

「なんだか呪文《じゅもん》みたいに聞こえます……」

「明日はランニングとウエイトだよ。黒部さん的にはエルゴの方が楽しいんじゃない？」

「そりゃウエイトよりは楽しいですけど、やっぱり川で乗りたいですよ」

「記録伸ばしたいなら室内の方がいいって芦田さんは言ってたけどね。鏡でフォームを確認するとか、そういうのは川では出来ないし」

「うう、上達するためには楽しくないことも我慢しなきゃいけないんですね」

筋トレと実際の乗艇であれば、舞奈は断然後者が好きだ。漕いでいる内に風景がどんどん変わっていくし、吹き抜ける風の心地よさや自然の美しさはどれだけ体感しようと飽きない。

だが、芦田曰《いわ》く、タイムを伸ばすためには陸での練習の方が大事らしい。まずはレースに耐えられる肉体を作ること、と芦田は舞奈に言った。舞奈以外の三人の鍛えられた身体を見ると、その教えは至極真っ当だと思った。

「じゃ、はかるね」

希衣がアラームをセットする。

エルゴメーターにはパドルに見立てた長い棒があって、その端が負荷を掛ける重り部分と繋がっている。棒を動かすことで、水上だった場合に何メートル進めたかが分かるという仕組みだ。

三分オンでは、その都度ベストを尽くす。例えば、三分オンの練習を複数回こなしたとして、一回目、二回目、三回目の距離がコンスタントに出ている選手と、一回目はたくさん進んだけれど二回目以降で距離がガクッと落ちる選手がいたなら、前者の方が良い練習が出来ていることになる。エルゴの練習で記録にムラがある選手は、実際のレースでも記録が安定しないことが推測できるというワケだ。

実際にやってみると分かるけれど、三分間ずっと同じ動きを繰り返すというのはとにかくキツイ。一〇〇メートル走のラスト二〇メートルの部分が延々と続くような、息をつく間もない感じ。

　漕ぎ終えた後は、息を整えるためのインターバルだ。舞奈はエルゴメーターにぐったりと座り込む。心臓がバクバクしていて、気持ちいいと苦しいが混じり合った心地がする。希衣はスポーツウォッチを見て、心拍数を確認している。「心拍数は嘘を吐かない」というのが芦田の持論だ。身体の限界だと判断するために必要なのは、辛そうな表情でも弱音でもなく、客観的な身体データらしい。

「はい、次三分オン」

「ひえー、もうですか」

「いけるいける」

　舞奈はヒイヒイと悲鳴を上げながらも、練習メニューをきっちりとこなした。最初の頃は途中で体力が尽きてベンチに倒れ込んでいたが、今では終わった後に記録をつける余裕も出て来た。

　身体の内側から次から次へと熱が生み出され、全身がぽかぽかと温かい。壁の温度計によると、現在の室温は三度だが、寒さがちっとも気にならない。

「あのー、希衣先輩」

「何」

　エルゴに座ったままの希衣がこちらに顔を向ける。汗のせいで、希衣の頬には何本か細い黒髪が貼《は》りついている。

舞奈は自身の膝小僧《ひざこぞう》を見つめた。新人大会の時から、舞奈には聞きたいことがあった。

「恵梨香とはそろそろ仲直りできそうですか」

動揺したのか、希衣がむせた。ゴホ、ウェホ、と何度か咳《せ》き込み、それから希衣は何事も無かったかのように澄ました顔を取り繕った。

「なんで急に？　ってか、喧嘩《けんか》なんてしてないけど」

「私、今日の掃除時間にクラスの友達と話したんです。その時に新人大会の話になって……あの時、希衣先輩と恵梨香、ちょっとピリピリしてたじゃないですか。あれから二人とも、ちょっと変だから」

「黒部さんにはそう見えてるの？」

「ずっと見えてますけど、あのままなんだかうやむやになっちゃった感じがあったので、どうしていいか分かんなくて」

「うやむやっていうか、私も湧別《ゆうべつ》さんも神田《かんだ》や堀《ほり》さんみたいなタイプじゃないし」

「それってどういう意味ですか？」

「なんていうの？　あの二人の会話ってＩＱ２のぶつかり合いって感じなんだよね。脳《のう》味噌《みそ》から直接意見を絞り出してみました的な。私と湧別さんの方が精神年齢は絶対上だよ」

富士曙《ふじあけぼの》の神田・堀ペアについて、舞奈は詳しくは知らない。見た目の印象としては、ヤンキーとお嬢様のコンビだ。神田は金髪のショートヘア、堀は長い黒髪に上品なデザインのカチューシャをつけている。

　希衣とは昔ながらの顔見知りらしく、三年生である二人相手にもため口で話している。彼女達はもうすぐ卒業するため、今後、高校大会で会うことはないだろう。

「湧別さんも多分、あの時言ったことを気にしてるんだろうね。だからそれ以来なんにも言われてない。私もわざと気にしてないフリしてるし、まぁ、それで上手くいくならそれでいいかとも思ってるけど」

「あの時言ったこと？」

　首を傾《かし》げた舞奈に、希衣は苦々しげに唇を歪《ゆが》めた。軽く目を伏せ、彼女は恵梨香の口調を真似《まね》して言った。

「『鶴見《つるみ》先輩は天神《てんじん》先輩に勝てない』」

「恵梨香がそんなこと言ったんですか？」

「言われた。でも、事実だし。ゴール直後だったから私も上手く反応できなかったというか」

「でも、あのレース、希衣先輩と千帆先輩は接戦でしたよね？　そんなこと言う必要あったのかなぁ」

「というよりあれは、怒ってたんだと思う」

「怒ってた？　恵梨香が？」

舞奈は目を見開いた。恵梨香が誰かに対して怒りを露《あら》わにするのは珍しい。これまでそうした機会がなかったのか、恵梨香は人に怒りを覚えることが下手くそだ。大抵の場合、怒りよりも無関心が勝つように見える。

　頭の高い位置で束ねられた黒髪の先を、希衣は人差し指に巻き付けている。薄い壁の向こう側では寒風が吹きすさんでいる。まだ熱を生み出し続ける自身の腕を擦《さす》りながら、舞奈は希衣の横顔を見遣《みや》る。

「先輩、怒られるようなことしたんですか？」

「したかもしれないし、してないかもしれない」

「んんー？」

「自覚がなくてさ」

肌寒くなったのか、希衣が立ち上がってストーブの点火スイッチを入れる。灯油の残りを示すメーターは半分ほどの位置で止まっていた。

「いいんですか？　無駄遣い禁止って檜原《ひのはら》先生が言ってましたけど」

「今日は冷えるからいいでしょ」

ストーブの中央部分がじんわりと赤く光る。ベンチに座っていた舞奈も、希衣の横へと並んで立った。ストーブの上部に手をかざすと、柔らかな熱が舞奈の肌にぶつかった。

「焼き芋したいね」

「部室でですか？」

「去年はやったよ。千帆が農園部で収穫したさつまいもを持って来てくれてさ。ストーブだとゆっくり焼けるから美味しいんだよね」

「楽しそうですね」

「楽しいよ。千帆は人生の楽しみ方をよく知ってる」

すぐ間近にある希衣の目尻《めじり》に小さく皺《しわ》が寄ったのが分かった。彼女の身体からはうっすらと汗の臭《にお》いがする。多分、舞奈も同じようにちょっと汗臭いだろう。

「湧別さんが怒ったのはね、私が手を抜いたんじゃないかって思ったからだよ。千帆に勝ちたくないんじゃないかって」

「わざと負けたってことですか？」

「そんなことするわけがない。けど、無意識にしたかもしれないなとは思った」

乾いた唇を、希衣は自身の親指の腹で撫《な》でる。

「正直、単純なタイムだけだったら今の私と千帆は同じくらいだと思う。だけどダメなんだよね。二人で並んで漕ぐとどうしても勝てない」

「それは、テクニック的な話ですか」

「というよりは、精神的な問題だと思う。湧別さんの言う通りだよ、私は千帆には勝てない」

そう言って、希衣はぶるりと身震いした。「体が冷えてきた」と彼女は小さく笑う。汗を吸ったインナーが体温を奪いつつあった。

「着替えますか」

「そうしよう。今日の練習、これで終わりだし」

舞奈は体操服を脱ぐと、トートバッグへと押し込んだ。カッターシャツのボタンを留めるのに手間取っている間に、希衣はさっさと着替えを済ませている。制服姿になった希衣は、再びストーブの前に陣取った。

「黒部さんはさ、何をモチベーションにカヌーを頑張ってるの」

「私ですか？　そりゃあやっぱり、次の大会で活躍するのが一番の目標です。フォアで今度こそゴールしたいなって思っています」

「来年メンバー入りするか分からないのに？」

何を言われたか理解できず、舞奈は相槌を打つ前にカーディガンを羽織った。プリーツスカートの乱れを指で整え、上からブレザーを着用する。

自分が完璧な制服姿になったことを姿見で確認し、舞奈は希衣の隣へ並んだ。ストーブのそばはずっと暖かい。

「私、レースに出られないってことですか？」

「可能性の話ね。もし上手い後輩が来年入って来たら、黒部さんを差し置いてフォアに出場することになるだろうし」

「んー、じゃあその時は新しい後輩の子に負けないように頑張ることを目標にします」

「前向きだね」

「だって勿体ないじゃないですか。後ろ向きになったからっていろんなことが良くなるわけじゃないですし」

ごう、とストーブの火の勢いが一瞬だけ強まった。炙《あぶ》られた空気が揺らめいて、舞奈の世界を歪めている。希衣は肩を竦め、「確かにね」と頷いた。静かな声だった。

「黒部さんってさ、大人だよね」

「えっ、本当ですか？　あんまり言われたことないです」

「私なんかよりずっと大人だよ。感心する」

「希衣先輩の方がずっと大人っぽいですよ。私、家族にも舞奈は子供っぽすぎるって心配されますし」

「見た目の印象ってだけでしょ。黒部さんの髪の毛、いじっていい？」

「へ」

間抜け面《づら》を晒《さら》す舞奈をスルーし、希衣は鞄からポーチを取り出した。もはや付録がメインのファッション雑誌についていたブランドのロゴ入りポーチだ。

「ほら、座って」

希衣の指示に、舞奈は素直に従った。こんな風に希衣が声を掛けてくれるのは初めてなのでドキドキした。希衣の指先の感触が髪越しに伝わって来る。心地よさに身を委《ゆだ》ねていると、んふふと鼻から笑いを含んだ吐息が漏れた。

「希衣先輩は他の人にもこういうこと普段してるんですか？」

「妹に昔はよくやってた。あの子、注文が多くて」

「インハイに応援に来てたカッコいい妹さんですか」

「そうそう。でも、いつの間にか私に頼まなくなったんだよね。自分でやるって言ってさ」

部室には姿見がセットされているから希衣の姿がどの角度からでも見られた。彼女は慣れた手つきでサイドの髪を編み込みにし、ヘアピンを差し込んでいた。

「わー、希衣先輩って器用ですね」

良い角度で自分の顔が映るよう、舞奈は何度も顔を動かす。希衣が得意げに鼻腔《びこう》を膨らませた。

「ちょっとは大人っぽいでしょ。これで家族からも子供っぽいって言われない」

「あー、お姉ちゃんにも見せたいな」

「黒部さんのお姉さんって、新人大会に来てた人だよね。仕事ができそうな感じの」

「私と違って凄いんですよ、お姉ちゃんは。頭も良いし」

「黒部さんは家族のことが好きなんだね」

「大好きですよ！　仲良し家族です」

姉だけでなく、兄のことも尊敬している。父も母も、祖父も祖母も、皆のことが大好きだ。

希衣は何故《なぜ》か動揺したように息を呑んだが、すぐにベンチに置いていた鞄を漁《あさ》りだした。

「……写真、私のスマホで撮ろうか」

「いいんですか？」

「いつか黒部さんがスマホを買った時に送ってあげる」

レンズを向けられ、舞奈は顔のすぐ横にピースを作った。口角を上げ、歯列を見せる、舞奈の得意な笑顔だった。

希衣がスマホを操作すると、カシャという機械音が響いた。

「良い写真が撮れたよ」

「ありがとうございます。あ、希衣先輩も一緒に撮りましょう」

「え？」

舞奈は希衣の方へ歩み寄ると、背伸びして顔を近付ける。インカメラに切り替わったスマートフォンの画面には、顔を近付けた二人の女子高生が映っている。

「はい、チーズ」という舞奈の合図に合わせ、希衣はシャッターボタンを押した。自撮りはあまり慣れていないのか、希衣はどこか照れの残る、ぎこちない表情をしていた。


二人の画像はあっと言う間にスマートフォンへと記録される。舞奈の写真はいつもそうだ。他人のデータの中にだけ保存され、消すか残すかは相手次第。

「スマホ、やっぱり持った方がいいですかね」


顔を寄せ、舞奈は希衣の手の中のスマートフォンを見下ろした。希衣がゆるく編み込んでくれたおかげで、右耳だけが露わになっている。少しの冷たさを感じ、舞奈は耳朶《みみたぶ》を揉《も》み込んだ。


希衣が軽く首を竦める。

「無いと不便じゃない？　私はスマホが無い生活なんて考えられないけど」

「でも、連絡来たら返さなきゃーって思うじゃないですか」

「別に、無理に返さなくてもいいでしょ。私だって神田からのＬＩＮＥはたまに無視するよ？」

「せ、先輩相手に無視はちょっと……」

「いやいや、神田とのやり取りは極端な例だけどさ。結局のところ、単なるコミュニケーションツールじゃん？　もしスマホを使っててトラブルが起きたとするなら、それはスマホだからじゃないんだよ。他の道具を使ってたって起き得ることなんだと思う」

希衣はスマホを切ると、鞄のポケットへと押し込んだ。希衣のスマートフォンのカバーはシンプルな赤色で、余計なものが何一つついていなかった。

「そんなにまじまじと見てどうしたの」

怪訝《けげん》そうに問われ、舞奈はハッと我に返る。自分が凝視していたことに気付かなかった。

「あ、いえ、希衣先輩のスマホは綺麗《きれい》だなって」

「いやいや、だいぶ古いモデルだよ？　妹の方が新しいやつ使っててさ」

「そうじゃなくて、希衣先輩のものだから良いなって思ったんです」

希衣は優しい。千帆のような目に見えた柔らかな優しさじゃなく、突き放す冷たさと支える温かさを器用に使い分けるような、筋の通った接し方を舞奈にもしてくれる。

「二年生になるまでには買ってもらおうと思います、スマホ」

「いいんじゃない？　便利だよ、あると」

「卒業しても、希衣先輩や千帆先輩と連絡できる関係がいいですしね！」

脳のフィルターを通さずに出た言葉が、部室に高らかに響き渡る。希衣は驚いたように目を丸くし、それからふと口元を緩めた。

「やっぱ大人だよ、黒部さんは」

「え？　どこがです」

「人間性が」

　そう言って、彼女が舞奈の肩を軽く叩《たた》く。ブレザー越しに感じる手の平は熱く、どこか乾いていた。

　関東高校カヌー部合同勉強会は十二月二十二日、冬休みに入った翌日の土曜日に山梨県で行われた。指定された会場に希望者が集まり、講習を受ける。指導してくれるのは実際に国際大会で活躍経験のある選手たちだ。

　ながとろ高校から参加しているのは希衣、千帆、舞奈の三人で、恵梨香は不参加だ。蛇崩学園高校の蘭子と共に、石川県のトレーニングセンターで練習を行っているせいだろう。

「蘭子先輩がいないなんて何を楽しみにしたらいいんだ……」

　しくしくしく、とわざとらしく隣で泣き真似をしているのは蛇崩学園の一年、奥山華《おくやまはな》恵《え》だった。舞奈と同じく初心者で、新人大会で落水したところまでお揃《そろ》いだ。

　講習に使われるホールには長机が大量に並んでおり、千帆や希衣はあっと言う間に顔見知りの他校の部員達と合流してしまった。なんとなく学年別に分かれて座る雰囲気があるのは、既に多くの参加者が顔見知りであるからかもしれない。カヌー部がある学校は他の部活に比べてまだまだ少ないから、学校の垣根を超えて仲良くなりやすい。

「まぁまぁ、蘭子先輩も恵梨香も忙しいみたいだから」

「舞奈は寂しくない？　恵梨香ちゃんと会えなくて」

「そうは言っても同じクラスだから平日は普通に会えるし」

「はー、いいな！　私が一年早く生まれてたら蘭子先輩と同じクラスになれたかもしれないのに」

「まだ一年生だというのに随分とロマンの無い発言だね」

突然会話に割り込んできた声に、舞奈と華恵は驚いて振り返った。二人のすぐ後ろの席に座ったのは、千葉県小見山高校の大森楓だった。いつも桜と二人でいるイメージがあったから、一人の楓を見るのは珍しい。

「大森先輩と友達なの？」と華恵がひそひそと耳打ちする。舞奈と楓は顔見知りではあるが、親しいというわけではない。希衣や千帆とは昔からの付き合いのようだが。

「こんにちは！」

なんと言っていいか分からず、とりあえず舞奈は元気よく挨拶することにした。全《すべ》ての人間関係は挨拶から始まると、昔スイミングスクールの先生に言われたことがある。

楓は虚を突かれたように目を見開いたが、やがてその口元がにんまりと笑みの形を描いた。組んだ両腕を机につき、楓は身を乗り出す。

「こんにちは、一年生たち。随分と楽しそうなお喋りをしていたね」

「わ、私たち何か変なこと言ってました？」

華恵が不安そうに自身の鼻を指さす。「まさか」と楓は芝居がかった動きで両手を広げた。

「ただ、せっかく身近に素晴らしいライバルがいるのに、それを崇拝対象にしてしまうのは勿体ないことだと思ってね」

「勿体ない、ですか」

「崇拝は、体のいい嫉妬《しっと》からの逃避行動だと思わないかい？　憧《あこが》れは素敵な感情だ。だけど、自分では絶対に勝てないと思い込んで最初から挑まないというのは勿体ないよ」

楓の言っていることは難しくてよく分からない。ツインテールの毛先を指に巻き付け、楓はフッとそれを吹き払った。

彼女の視線の先には、千帆と話す希衣の背中がある。

「競技者は常に勝ちにいかなくてはならないのさ。今の実力では負けると分かっていても」

「カ、カッコいい……」

思わず呟《つぶや》く舞奈の隣で、「そうか？」と華恵が胡散臭《うさんくさ》そうに眉間《みけん》に皺を寄せている。

「それにしてもこの会場は遠かったね。東京からも埼玉からも相当時間が掛かっただろう。冬期補習のせいで桜は不参加なんだが、もし会場が千葉だったら講習にもギリギリ間に合ったかもしれないな」

「もしかして桜先輩って勉強が苦手なんですか？」

「得意といえば得意だし、苦手といえば苦手だ。あの子は教科によってばらつきがひどいんだ。君たちも勉強はしっかりしておいた方がいいよ、カヌーにまで支障をきたす」

楓がそう言ったところで、女性講師が現れた。生徒たちは慌てて席に着き、スクリーンへ向き合った。騒がしかった室内はすぐに静寂に包まれ、皆の視線が講師へと集中した。

彼女は壇上で一度息を吐くと、満足そうに目を細めた。

「高校生の方にこうしてお話しするのは久しぶりなので緊張しますが、今日はよろしくお願いしますね」

そう言って微笑した講師は、十五年程前にオリンピックに出場したＷＫ－１の選手だった。生で見たのは初めて、と華恵が密《ひそ》かに興奮している。講師は簡単に自己紹介を終わらせると、早々に講習を開始した。

スクリーンにパワーポイントで作られた資料が映し出され、それを見ながら講師の解説を聞く。講習は前半の部と後半の部に分かれ、間に十五分間の休憩時間を挟むことになっている。目次に書かれた予定表と壁に掛かった時計の時刻を見比べながら、舞奈はシャープペンシルを握り締めた。

パワーポイントの内容は配布された資料に印刷されており、簡単なパンフレットの様な造りとなっていた。舞奈の見たことのない単語も沢山登場し、それを理解するのには少々骨が折れた。

実際の競技映像などを流しながら、講師は淡々と説明を続けていく。

「ＦＴＥＭ《エフテム》とはカヌー選手の熟達段階を段階別に表したもので、カヌー連盟でも取り入れられています。普段、部活をしていると年齢を基準に考えがちですが、こちらは身体の発達段階や競技力に応じた指標をとっています」

スクリーンには緑、黄緑、黄色、オレンジに色分けされた表が映し出されている。上から順にＭ、Ｅ、Ｔ、Ｆの四層に分かれ、さらに細かいレベルに分かれる。一番高いレベルのＭは国際大会で複数回のメダルを獲得することが目標、Ｅはワールドカップやオリンピックに出場、Ｔはエリートへ移行していく段階、Ｆはカヌー競技を始めて国内大会への参加といった具合だ。それぞれのレベルに合った目標を立て、適切な環境で適切な指導を受けましょうというのが彼女の伝えたいことらしかった。

「一年間の期分けのイメージとしては、休養をとって次のシーズンに備える準備期、体力を強化しながらテクニック向上を目指す基礎期、レースペースのメニューを組み込んだ練習を行う強化期、レースに向けてテーパリングを行うピーク期の四つに分かれます。今の時期は基礎期ですね。週間トレーニングの例としては――……」

　手元のレポート用紙にメモしながら、舞奈は頬杖《ほおづえ》をついて考える。ＦＴＥＭで考えるなら、舞奈はＦで、恵梨香はいずれＭを目指すＴ。じゃあ、希衣はどうなのだろう。千帆は？

　このホール内にいる選手たち全員が同じことを考えたはずだ。自分はどのレベルが適切なのだろうか、と。目標と環境と実力は密接に結びついているから、どれか一つでも無視するとちぐはぐな結果になってしまう。

　舞奈はちらりと後ろを振り返る。真剣な顔で講習を聞く楓は、きっと高みを目指している。じゃあ、自分はどうなんだろう。それを考えた途端、製菓の専門学校に行くんだと語っていた千帆の顔が何故だか急に思い出され、舞奈は自分の両頬を押し潰《つぶ》すように押さえ込んだ。

「それでは、ただいまから十五分間の休憩に入ります」

　講師の声を合図に、参加者達が解き放たれたかのような顔で一斉に立ち上がる。前半の部は四十五分、後半の部は五十分だ。同じ姿勢を保ち続けるのは流石《さすが》に疲れ、舞奈はその場で伸びをした。

「ってか四十五分って長くない？」

「それは堀が馬鹿《ばか》だからじゃね？　集中力が足りない」

「神田に言われるとかオシマイなんですけど」

　ホールの一角がひと際《きわ》騒がしい。聞き覚えのある声に顔を向けると、ジャージ姿の堀と神田がぺちゃくちゃと話していた。堀はきちんとパイプ椅子《いす》に座っているが、神田の方は机に浅く腰掛けている。

　講習に参加している三年生は少ないため、二人はかなり目立っている。その周囲の席だけ不自然に空いていた。

「あ！　いたいた」

　ホール前方の席に座っていた希衣が大股《おおまた》で二人の元へ歩み寄る。神田は「よう！」と軽く手を振り、堀は「ごきげんよう」と上品に頭を傾げて見せた。

「なにその挨拶」

「年上だから品格を見せつけようと思って」

「無駄だろ。お前、性格の悪さが滲《にじ》み出てっから」

鼻で嗤《わら》う神田の脇腹《わきばら》を堀が素早く小突いた。ぐえ、と背中を丸める神田を無視し、堀が眉端を持ち上げて希衣を見遣る。

「で？　何の用？」

「いや、お礼をせびりに」

「お礼ってなんの？」

「愚痴聞いてあげた代。アンタら二人共、結局墨田《すみだ》大学に行くんでしょ？　あんだけ大騒ぎしておいて」

「うふふ。なんせ、私と神田はＷＫ‐２で一位だったからね。スカウトだってくるわよね、そりゃね、一位だからね」

　一位、という部分をわざわざ強調させる堀に、神田と希衣が呆《あき》れ気味に顔を見合わせる。どうやらこの二人、堀に色々と振り回されているようだ。

「確かに鶴見には世話になったな」

「分かってるならいいけど」

「礼をしなきゃとは思ってたんだ。手を出してくれ」

　神田は机から下りると、希衣の肩に腕を回した。グーの形にしたまま差し出された左手の下に、希衣が手を広げる。ぽとり、とその上に個包装の菓子が置かれる。

「ほい、お礼のブラックサンダー」

「しょぼくない？」

　眉間に皺を寄せた希衣に、神田はカラカラと豪快に笑った。

「でも美味《うま》いぞ」

「美味しいけども！」

　苦労に見合ってないんだけど、と文句を言いながらも希衣は早速包装を開けていた。

一連の流れを見守っていた楓が、舞奈の後ろでクックッと喉《のど》奥を鳴らす。

「鶴見さんはいつもあの二人に振り回されてるね」

「楓先輩も堀先輩達と仲が良いんですか？」

「腐れ縁というやつさ。昔から知ってるからね、丸く収まって良かったと思ってる。あの二人を引き離すとどうなるか分からないからね。特に堀が」

　楓の指先が、コンとテーブルを軽く引っ掻《か》く。日に焼けた指だ。白い部分が残っていない、綺麗に切り揃えられた爪《つめ》だった。

「ながとろにも、引き離すとどうなるか分からない二人はいるがね」

「希衣先輩と千帆先輩のことですか？　あの二人はしっかりしてますよ」

「君にはそう見えるのか、なるほどなるほど。しっかり先輩らしくやってるってワケだ」

　勝手に得心した様子で、楓は席から立ち上がった。「どこに行くんです？」という華恵の質問に、「お花を摘んでくるよ」と彼女は爽《さわ》やかな声音で応じる。なんとも摑《つか》みどころのない人だ。

「大森先輩って変わってるよね」

テーブルの上に顎《あご》を乗せ、華恵は小さく舌を出した。丸みを帯びた肌色がぼんやりと天板に映し出されている。

「私は結構好きだけどな」

「マジで？　舞奈ってば器がデカいな」

「というより、華恵は蘭子先輩以外を敵視しすぎ」

「そんなことないもん。ただ、蘭子先輩が特別すぎるだけ」

講習の後半の部が始まるまで、残り十分。舞奈は手元のレポート用紙を見返しながら、「特別かぁ」と口の中だけで呟いた。

――崇拝は、体のいい嫉妬からの逃避行動だと思わないかい？

冷笑を含んだ楓の声が、空っぽの脳味噌の中に残響し続けていた。

第四章

急募、バズる入部動機

side　希衣

【カヌースプリント　海外派遣選手最終選考会】

スマホのサーチエンジンに文字を打ち込んで検索する。最初にヒットするのは日本カヌー連盟のサイトで、カヌー大会の結果一覧がずらりと記載されている。明るい黄色の背景が暗い自室に浮かび上がり、希衣《きえ》は目をしょぼしょぼと瞬《しばたた》かせた。

現在、時刻は午後十一時。始業式を明日に控え、本来ならば寝た方がいい時間帯だった。それでも希衣がこうして起きているのは、先程千帆《ちほ》へ送ったメッセージの返信を待っているからだった。

スマートフォンのホーム画面に戻り、カレンダーのアイコンをタップする。

今日、四月八日はながとろ高校の入学式の日だった。新入生ではない希衣は勿論《もちろん》参加していないが、それでも年度が切り替わったことは否《いや》が応でも意識された。明日は一学期の始業式だ。先日まで高校二年生ですと言っていた希衣もついに三年生、最高学年となる。

千帆に送ったメッセージの内容は「今年は部活紹介をどうしようか」だった。ながとろ高校では毎年、新一年生に向けて部活を紹介するイベントがある。放課後、新一年生だけを体育館に集め、各部の代表者が三分ずつ自分の部活の紹介を行うというものだ。部活関連ではその他に掲示板に貼《は》る部員募集のポスター制作、部活紹介冊子のページ執筆などがある。

去年のカヌー部の部員募集イラストは全《すべ》て千帆が担当した。最初は希衣が描こうとしたのだが、「ほら、希衣ってちょっと芸術性が爆発するところあるから……」と遠回しに断られてしまった。昔から美術の成績で十段階中五以下はとったことがないというのに、どうも千帆は希衣の絵の腕前を疑っている節がある。

掛布団《かけぶとん》を身体《からだ》に巻き付け、希衣はベッドの上で寝返りを打った。ネット画面を再び開き、先程開いた大会結果のページに目を通す。

カヌースプリント海外派遣選手最終選考会は三月二十五日から三十一日の七日間にわたって行われた。会場は香川県坂出《さかいで》市にある府中湖カヌー競技場だ。府中湖カヌー競技場にはカヌーのトレーニングセンターと研修センターが併設されており、国内では有数のカヌー施設となっている。

この大会では十八歳までを対象としたジュニア、二十三歳までのU《アンダー》23、それより年齢が上の選手が対象のシニアの三つの区分で競技会に派遣される選手が決定する。

今年の場合、ジュニアはルーマニアで行われるジュニア世界選手権大会、スロバキアのオリンピックホープス、ニュージーランドのアジアパシフィック大会。

U23はルーマニアのU23世界選手権大会。

シニアはポーランド・ドイツで行われるワールドカップ、ハンガリーのシニア世界選手権へ派遣される。

年上の選手が下の区分の競技大会に出場することは不可能だが、逆は可能だ。そして今回、利根《とね》蘭子《らんこ》・湧別《ゆうべつ》恵梨香《えりか》ペアはWK-2でぶっちぎりの記録を叩《たた》き出し、各大会の出場資格を得た。

去年九月の日本選手権と海外派遣選手選考会の合計ポイントから、二人は四月の日本代表候補合宿に参加することも決定した。強化選手——所謂《いわゆる》、日本代表選手に選ばれると、専属のコーチが付き、国からの補助金も出る。また、大会の際には学校は公認欠席が取れるようになる。

「オリンピックねぇ……」

呟《つぶや》きが口から零《こぼ》れ、そのまま掛布団の上へ転がり落ちる。

次回の夏季オリンピックは一年後、日本で行われる。その頃には希衣や蘭子は大学一年生、恵梨香は高校三年生となる。

恐らく、このままいけば恵梨香と蘭子のオリンピック出場はまず間違いないだろう。

希衣と同世代の他の選手たちも、もしかすると出場資格を得るかもしれない。二つ年上の大森椿《おおもりつばき》や一つ年上の神田《かんだ》優紀《ゆうき》も代表候補合宿への参加が決定していた。

布団から手を離し、そのまま大の字になる。目を瞑《つぶ》って息を深く吸い込むと、自分の肺が大きく膨らむのが分かる。それを繰り返している内に強い睡魔に襲われた。

枕《まくら》もとのスマートフォンがピコンと通知音を鳴らす。きっと千帆からの返信だ。そう分かっていても起き上がる気力がなく、希衣はそのまま眠りに落ちた。

『今年は舞奈《まいな》ちゃんに頼んでもいいんじゃないかな？　せっかく後輩が出来たんだし、頼ってみても良いと思うよ』

翌朝、目が覚めて真っ先に行ったのはスマートフォンの確認だった。案の定、千帆からのメッセージが届いている。副部長らしいコメントに、希衣は「ぐっ」と唸《うな》った。こういうところが千帆には勝てない。

一月、二月、三月を思い返すと、陸上練習続きだった。冬の川は冷たく、カヌーに乗るのに適さない。そのため、必然的に冬は水上練習の回数がぐっと減る。芦田《あしだ》から手渡された練習メニューは、エルゴメーターと筋トレでびっしり埋め尽くされていた。

「身体、大きくなったんじゃない？」

そう千帆に言われたのは二月の半ばだったか。汗だくになった練習着を脱いでいる最中に、突然背中を撫《な》でられた。千帆の手が肩甲骨辺りを擦《さす》ると、疲労した筋肉がびくりと跳ねた。

「肩の筋肉、明らかに増えてるよ。見ただけで分かるもん」

「あー……ベンチプレスの重量も増えたしなぁ」

「エルゴも記録伸びてたじゃん」

何気なく言われた台詞《せりふ》に、希衣は無意識の内に唾《つば》を呑《の》んだ。今日のエルゴ練習は二五〇メートルオン、七五〇メートルレスト×五本を四セット。負荷は強ければいいというものではなく、美しいフォームを維持することを意識する。

エルゴメーターのバーをただ振り回しているだけでは意味がなく、下半身と上半身の連携をスムーズに行い、我流のフォームを洗練されたものに変えていくことこそが陸上練習の要《かなめ》である。……というのは芦田の受け売りだ。

彼の指摘は、希衣にとっては耳が痛いものばかりだった。芦田に指導を受けるまでの自分には根性論的なところがあり、どれだけ自分を苛《いじ》め、練習に時間を費やすかに固執していた。負荷は強ければ強いほど成長できるような気がしていたし、疲れれば疲れるほど何か大きなことをやり遂げたような気分になった。それが良いワケじゃないということには薄々気が付いていたけれど、正しい努力の仕方を知らなかった。

細かく記録を付けるようになり、自分の成長が目に見える形で残るようになった。ウエイトの重量が先週より増えた。二分間のエルゴの記録が伸びた。筋肉がついて体重が増えた。その度に芦田は「まだいける」だの「ここはまだ通過点だぞ」だのと発破を掛けて来た。舞奈が記録を伸ばすと大袈裟《おおげさ》に褒めていたから、部員に合わせて掛ける言葉を変えているのだろう。希衣は褒められるよりも厳しくされる方が好きだ。反発心でやる気になる。

「エルゴもさ、二〇〇メートルで抜かれちゃったし」

Tシャツの上からジャージを羽織りながら、千帆は何でもない口調で言った。

「でも、実際の水上だと話は別じゃん」

「五〇〇メートルとか一〇〇〇メートルだったらもう完全に負けちゃうだろうな」

「新人大会の時は私が負けたけどね」

「一冬あれば変わるって。希衣は本当に速くなったよ、身体つきで分かる」

純粋な誉《ほ》め言葉だと分かっているが、それでも決まりが悪かった。身体の汗をタオルで拭《ぬぐ》い、替えのTシャツに袖《そで》を通す。千帆はボトルに口をつけ、上機嫌にほうじ茶を飲んでいた。

農園部との掛け持ちである千帆とカヌー部に専念している希衣とでは練習量の差が大きくなる。特に、今年の冬はそれが顕著だった。部員全員の記録が伸びたことは間違いないが、その中でも希衣は大きく伸びた方だった。

「今やったらどっちが勝つと思う？」

希衣の問い掛けに、千帆は「希衣じゃない？」とサッパリと言い放った。「かなぁ」となんとも曖昧《あいまい》な相槌《あいづち》を打ちながら、希衣は新人大会のＷＫ－１決勝レースの最後を思い返していた。


あのやり取りがあったのは、今からおよそ一か月半前だ。ベッドから起き上がり、希衣は千帆へと返信する。

『じゃ、今日の朝練の時に黒部《くろべ》さんに話してみる』

ピコン、とスマホが小さく音を立てる。そこに恵梨香の名前がない理由は単純だ。彼女はここしばらく、蘭子と共に日本代表候補合宿に参加していて部活に来ていない。合宿地は石川県小松市。埼玉県の長瀞《ながとろ》から気軽に行き来できる距離ではないため、当然ながら登校も難しい。ながとろ高校は私立なので、課題を出すなどの特別措置で学校が便宜を図っている。恵梨香が普段通りの生活を送れるようになるのは、四月二十一日から行われる日本代表候補合宿最終記録会が終わってからだ。

ながとろ高校にクラス替えがなくて良かった、とこういう時に思う。もしもクラス替えがあったら、恵梨香だけがクラスの人間関係から取り残されてしまうかもしれない。

『その流れでよろしくね』

ピコンと再び鳴った通知音に、希衣は画面へと目を向ける。吹き出しの下に表示された猫のイラストのスタンプが、こちらに向かってウインクしていた。

四月の長瀞が好きだ。

桜が一斉に開花して、エメラルドグリーンに輝く荒川を彩《いろど》る。春休みのタイミングで周囲の店は一気に賑《にぎ》わい、観光客の纏《まと》う芳香剤の匂《にお》いが嗅《か》ぎ慣れた長瀞の匂いに混じる。散らばる桜の花弁が風に乗って舞い上がり、アスファルトで舗装された道路の端を淡い桃色で埋め尽くす。

木造の駅舎に入り、希衣は時刻表通りにやってきた電車に乗り込んだ。秩父《ちちぶ》鉄道の長瀞駅は長瀞観光の拠点となっており、駅を挟んで東西に店が続いている。希衣や千帆が住んでいるのは駅の改札口とは反対側にある商店街のエリアだ。その先にはライン下りができるスポットや、名勝の地である長瀞渓谷がある。

この長瀞渓谷の岩畳には小学校の写生の授業で何度もお世話になった。岩畳はまるで人の手が入ったみたいに、四角形の岩が組み合わさって地面が構成されている。その対岸の秩父赤壁《せきへき》はその名の通り、荒川の浸食の影響で出来た赤い崖《がけ》だ。剝《む》き出しになった岩に含まれる鉄分が酸化したことで赤くなったらしい。

長瀞駅には大体一時間に一本から二本程度の間隔で電車がやって来る。ながとろ高校の最寄り駅である野上駅《のがみ》までは二キロほどだから、電車に乗りそびれた時は歩いた方が早かったりする。

　恵梨香や舞奈は自転車で学校に通っているが、陽が落ちるとこの辺りはすっかり暗くなるから希衣としてはあまり勧めたくない。長瀞駅方面ならばともかく、あの二人が住む波久礼《はぐれ》駅の方面は外灯も少なく、ルートも車道ばかりだ。今のところ事故はないが、いつか巻き込まれないかとヒヤヒヤする。

　電車が野上駅に着き、希衣は下車した。駅舎の真横には一本の立派な桜の木が立っており、『いちご狩り』と書かれたピンク色の幟《のぼり》と良い感じにマッチしている。幟の真横に設置された青い自販機には小さなビニールの屋根が取り付けられているのだが、経年劣化で一部の骨が剥き出しになっていた。

　朝練習の時間帯は登校している生徒が少ない。黙々と足を進めていると、校門前で見覚えのある後ろ姿が目に入った。自転車を傍らに置き、彼女は閉まったままの門の向こう側を覗《のぞ》き込もうとぴょこぴょことその場で飛び跳ねている。

「何してるの、黒部さん」

「ひゃあ！」

　肩を叩くと、舞奈は驚いた猫のようにその場で飛び跳ねた。ビシッと背筋を正し、礼儀正しく頭を下げる。

「あ、希衣先輩。オハヨウゴザイマス！」

「はい、おはよう。で、こんなところで何してんの？」

「門が閉まってるんです、いつもここを使ってるのに」

「あー……正門まで回った方がいいかもね。教頭がまだ開けてないんでしょ」

「教頭先生、寝坊したんですかね」

「新入生に関するイベントで忙しいんじゃない？　去年のこの時期もこうだったよ。開門より先に来ちゃった時は正門から回ることが多いかな。野球部とかサッカー部もそうしてるでしょ」

　正門に向かって歩き出した希衣の後を、舞奈が慌《あわ》てて追いかける。カラカラと回る自転車の車輪の音が早朝の道路に響いている。

「部活紹介、来週ですもんね。体育館で発表って聞きましたよ、一つの部活につき三分ずつって」

「それと紹介冊子ね。黒部さん、絵を描くのは得意？」

「得意ですよ！　全部同じ顔になっちゃいますけど」

「ぜんぶおなじかお？」

　怪訝《けげん》に思ったのが声に滲《にじ》んだのか、舞奈が言い訳するように捲《まく》し立てた。

「中学の頃は味のある絵だって水泳部の子達に褒められたんです。遠足のしおりの表紙を描いたこともありますし、紹介冊子の絵だって完璧《かんぺき》ですよ」

「頼むとはまだ言ってないけど？」

「でも今の話の流れだと頼みたいってことですよね？　任せてください！」

　どん、と聞こえたのは舞奈が胸を叩いた音だろうか。彼女が自信満々に言い切れば言い切るほど何故《なぜ》だか不安になってしまう。思わず振り返れば、両目を爛々《らんらん》と輝かせている後輩と目が合ってしまった。

「希衣先輩が私のことを見直すくらいの立派な絵を描いてみせますから」

「いや、そんな気合い入れなくていいよ。大体、指定サイズは一〇センチ×五センチだから。小さい絵で十分」

　はいこれ、と用紙の入ったクリアファイルごと手渡すと、舞奈はいそいそとスクールバッグへ仕舞い込んだ。

「えへへ、私もついにカヌー部の幹部って感じです」

「そんな大層なもんじゃないけどね」

「でも、私も先輩部員ですから。後輩が入って来るまでにしっかり仕事をこなせるようになりたいですよ」

「んー、入って来たらいいけどね」

　裏門と違い、正門は既に開いていた。舞奈が駐輪場に自転車を停めている間、希衣はその傍らに立つ。置いていくこともできたが、わざわざそうする必要性を感じなかった。早朝ということもあり、自転車は数台しか停まっていなかった。授業が始まる頃にはもっと台数が増えているだろう。

「待たせてしまってすみません」

ぺこりと頭を下げる舞奈に、希衣は頭を左右に振った。

「いいよ別に。それより、黒部さんはいつまで自転車通いをするつもりなの？」

「いつまでって、卒業まで自転車で通うつもりでしたけど」

「でも、暗い時期は危ないでしょ。湧別さんと一緒だったらいいけど、夜道を一人で走るのは流石《さすが》に危なくない？」

「大丈夫ですよ。元々、恵梨香がいない時は一人で帰ってましたし。それに自転車に乗ると足腰が鍛えられていい感じなんです」

「確かにスタミナはつくだろうけど……」

それでもやはり、夜道を一人で自転車に乗っているのは心配だ。恵梨香がいた時には気にもならなかったことが、少しずつ目に付き始める。四月になったとはいえ、日没はまだ早い。帰宅する頃には夜になっている。

だが、意外にも舞奈は他人とべったり一緒にいたがるタイプじゃない。恵梨香がいた時だって一人で通学することは何度もあっただろうし、舞奈にとって希衣の心配は余計なお世話なのかもしれない。

希衣が眉間《みけん》に皺《しわ》を寄せて考え込んでいると、肩口から「ふへっ」と気の抜けた笑い声が聞こえた。見下ろすと、口元を押さえた舞奈がふくふくとだらしなく笑っていた。

「何その顔」

「いえ、希衣先輩やさしーって思って」

「黒部さんも言うようになったね」

「思ったことを口に出してるだけですよ。むしろ、希衣先輩がいろんなことを言ってくれるようになったんです」

「私が？」

部室へと向かおうとしていた足が止まる。それに合わせ、舞奈もその場で立ち止まった。恵梨香相手なら腕にじゃれつく舞奈も、希衣が相手だと一定の距離感をきちんと保つ。

「そうですよ。希衣先輩って、最初の頃は恵梨香に興味津々《しんしん》って感じだったじゃないですか。だから私にはあんまり何も言わなかったというか」

「そう？　遠慮せず色々言ってたと思うけど」

「でも、今の方がいろんなことを喋《しゃべ》ってくれますよ。さっきの紹介冊子の絵のことだって、私、頼られて嬉《うれ》しかったですもん」

「アレは千帆が言ったから。それに、私が頼むより先に黒部さんのやる気満々アピールが凄《すご》かったし」

「そうですか？」

「そうだよ」

「まぁ、やる気なのは良いことですから」

「自分で言う台詞《せりふ》じゃないでしょ」

呆《あき》れ口調で言ったのに、舞奈は何故かますます嬉しそうな顔をした。彼女の思考は時折よく分からなくなる。見上げてくる舞奈の眼差《まなざ》しを何故だかくすぐったく感じて、誤魔化すように希衣は自身の首裏を爪《つめ》で掻《か》いた。

「もう、さっさと行くよ」

「はい！」

そう舞奈が元気よく返事をしたのと、ガシャーンと騒々しい音が鳴り響いたのは同時だった。音の方向へ振り向くと、停められていた自転車が横倒しになっていた。レトロなデザインの舞奈の赤い自転車が女子生徒の下敷きにされている。

「いたたたた……」

膝《ひざ》を擦る女子生徒に、「大丈夫？」と舞奈が慌てて駆け寄った。紺色のブレザーには汚れ一つなく、学校指定の白シャツは襟までぴっしりと糊《のり》が効いている。新一年生であることは間違いないだろう。

「怪我《けが》してないかな」

「す、すみません」

　舞奈が差し出した手を取り、女子生徒が立ち上がる。目鼻立ちがしっかりした子だ。くるくると跳ねる前髪に、焦《こ》げ茶色の髪をハーフアップのお団子にしている。金色の細い丸眼鏡はサブカル風のデザインで、お洒落《しゃれ》と奇抜の中間のような風貌《ふうぼう》をしていた。

　身長は一五五センチ程度。腕も脚も腹も細く、とにかく薄っぺらい体形をしている。肌は全体的にうっすらとした小麦色だが、希衣のような部位による色ムラがない。日焼けではなく、元々の肌質なのだろう。

「黒部さんは優しいね、わざわざ心配して」

　腕組みをし、希衣はわざとらしく溜息《ためいき》を吐《つ》く。舞奈がきょとんとした顔でこちらを見た。

「そりゃあ心配しますよ、怪我してたら大変じゃないですか」

「でも、その必要ないと思うよ」

「なんでです？」

「だって、状況がおかしすぎるでしょ。この子、黒部さんの自転車の上でコケてるんだよ？　自転車にも乗ってないのになんで駐輪場にいるのよ」

「それは確かに」

神妙な面持ちで頷《うなず》いた舞奈の横顔を、希衣は呆れを隠さずに見下ろした。素直過ぎて心配になってしまう。

「……私、もしかして疑われてます？」

両眉《まゆ》の端を下げ、女子生徒は分かりやすくしょんぼりと肩を落とした。「言い過ぎましたかね」と舞奈が慌てたように口元を押さえた。この調子だと、簡単に詐欺《さぎ》に引っ掛かりそうで目の前の後輩が心配になる。

「疑うっていうか、シンプルに疑問じゃん。大体貴方《あなた》、自分の自転車はどこにあるの」

フン、と鼻を鳴らした希衣に、女子生徒は気まずそうに目を泳がせた。

「そのー、たまたま駐輪場を通りかかりまして」

「この時間にわざわざ？」

「そういう気分だったので」

「今の時間に学校に来てる子なんて、部活の朝練組だけだよ。気分なんてますます怪しい」

「朝早くに学校に来るのは全生徒に認められている権利です」

「それにしたって、一年生が一人でこんな時間に何かしてるだなんてちょっと普通じゃないよ。もしかしてだけど、黒部さんのストーカーとか？」

希衣の台詞に、「エエッ」と舞奈が飛び上がった。ただでさえ大きい両目が更に大きく見開かれている。

「私、尾行されてたんですか？」

「ち、ちがいます！　変な誤解しないでください」

顔を真っ赤にして女子生徒は両手を振った。動揺を隠せていないところを見るに、ずる賢いタイプではなさそうだ。

「私はただ、部活調査をしていただけで」

「部活調査ぁ？」

思わず声が裏返った。胡散臭《うさんくさ》いと思ったのが顔に出ていたのか、女子生徒はますます狼狽《うろた》えた。眼鏡を外し、レンズをブレザーの袖口《そでぐち》で拭《ぬぐ》っている。

「とりあえず、黒部さんの自転車を戻しなさいよ。倒れたまんまになってる」

「あ、それは本当にすみません。傷とかついてないといいんですけど」

「大丈夫大丈夫。気にしないで」

自転車を停め直し、女子生徒は「ふぅ」と額に滲んだ汗を拭った。イイ顔をしているが、先程から状況はちっとも進展していない。

「それで、部活調査ってどういうこと？」

続きを促した希衣に、女子生徒は表情を引き締めた。

「あ、それなんですけど、ブラック部活じゃないかどうかの調査をしてたんです」

「何そのブラック部活って」

「ブラック企業の部活版ですよ。練習時間が異常だったり、顧問がめちゃくちゃ怖かったり、妙な部活ルールがまかり通っていたり……。ほら、部活って一度入ったら辞めにくいじゃないですか。だから私が事前に調査して、その情報をＳＮＳにアップしてあげてるんです。ハッシュタグは『#部活調査』『#ながとろ高校』『#結局帰宅部が一番ホワイト』です」

エヘンと得意げに胸を張る女子生徒に、希衣と舞奈は顔を見合わせた。

「黒部さん知ってた？」

「私、ＳＮＳは全く分からないので」

「私も新入生のＳＮＳ事情はサッパリだな」

「そんなんじゃダメですよ。今は部員募集にもＳＮＳを使う時代です。例えばほら、バスケ部の動画が結構話題になってるんですよ」

そう言って、女子生徒はスマートフォンの画面をこちらに向けた。必然的に、希衣と舞奈は近付いて画面を覗き込むことになる。

表示されていたのは短い動画を投稿するアプリ、TikTokのアカウント画面だった。女子生徒が再生ボタンを押すと、途端に陽気な音楽が流れ出す。バスケ部の男子部員と女子部員が曲に合わせて代わる代わる技を紹介するという、なんとも楽しげな動画だった。

「男子部員と女子部員の仲が良さそうってのが人気の理由みたいで、今年はバスケ部に入りたがる子が多いんじゃないかって噂《うわさ》です。私のところにもバスケ部の練習の実態の調査依頼が結構来てますからね」

「そもそも何で貴方に調査依頼が来るわけ？」

「そりゃあ、私が調査を請け負いますってＳＮＳに書いてるからですよ。私、一年の中では結構有名人なんです」

「でも別に、わざわざ貴方がそれをしなくてもいいよね？」

「それはそうなんですけど、メリットが多いですからね。いいねを稼げるし、情報通って思われたら友達も作りやすいし。誰かの役に立つのって気持ちいいじゃないですか」

希衣には共感できない動機だ。それは舞奈も同じだったようで、「つまりボランティア精神ってことなのかなぁ」と首を捻《ひね》りながら呟いている。

「で、そのブラック部活調査と黒部さんのストーカーをすることになんの関連があるの？」

「だからストーカーはしてないですって。ただ、朝練習が厳しい部活はブラック部活の可能性がグンと上がるので、お二人の様子を窺《うかが》っていたんです。この時間帯に登校している生徒はほとんどいないので、絶対ブラック部活に所属してる人だ！　って思って。それでその、会話を聞こうとしたら近付きすぎて自転車を倒してしまい……」

「盗み聞きしようとしたってことはやっぱストーカーじゃん」

「そんなんじゃないんです！　ただお二人が何部かを突き止めたくて。この部活は朝練アリってちゃんと書かないといけないですから」

「朝練があったらブラック部活なの？」

「自主的だったらブラックじゃないですけど、練習をガチガチに強制してくるところはブラックと認定してます。大事な用事があっても休めなかったり、勉強より部活の方を重視しろって言われたり。そういう、学校生活の全てを犠牲にしてでも部活の結果を出せっていう姿勢は今の時代にそぐわないと思うんですよね」

　肩まで掛かる髪の先端を引っ張りながら、女子生徒は俯《うつむ》いた。こちらの視線から逃れるような仕草だった。

「その理屈で言ったら、うちは結構自主性に任せてる部活だよね。ガチの子はガチだし、兼部の子も許されてるし」

　ね、と隣に立つ舞奈に呼びかけると、「そうですそうです！」と彼女は大きく首を縦に振った。

「だから、勝手にブラック認定しないように。貴方、名前は？」

「土器《どき》富歌《とみか》です」

「じゃあ、土器さん。とりあえず、うちの部の朝練見て行ったら？」

「いいんですか？」

「よく知りもしないのに悪評ばら撒《ま》かれたら困るからね」

腕時計に視線を落とすと、既に登校から十五分が経《た》っていた。乗艇の時間が減ったことは残念だが、こうしたトラブルへの対処も部長の仕事の内だから仕方がない。むしろ、舞奈が一人の時に絡《から》まれなくて良かったと思う。

「いやー、お二人ともお優しい！」

途端に調子のいい態度をとり始める後輩に、希衣は思わず溜息を吐いた。スマートフォンのレンズをこちらに向けながら、富歌が「そういえば」と口にする。

「結局のところ、お二人は何部なんですか？」

「カヌー部だよ」

「カヌー？　それってアレですよね。ハネタクのやつ」

未経験者によくある反応だ。眼鏡のレンズ越しに、富歌のブラウンの瞳《ひとみ》が光っているのが見える。琥珀《こはく》を思わせる、どこか透き通った色をしていた。

「羽根田《はねだ》卓也《たくや》選手ね」

「ソレです！」

「ソレって……。羽根田選手は十八歳の時のワールドカップの男子カナディアンで、日本人で初めて決勝に進出した選手だよ。リオデジャネイロオリンピックで銅メダルを獲得して、テレビでもよく見掛けるようになった。バラエティー番組によく出てるから感覚が麻痺《まひ》して来るけど、めちゃくちゃ凄い人だからね？」

「へぇ、そうなんですか」

「そうなんですかって」

あまりに無味乾燥な相槌《あいづち》だ。しかし興味のない人間の反応は得てしてこういうものかもしれない。落胆を隠すように、希衣はひくつくこめかみを指先で押さえた。

「あ、リオデジャネイロは分かりますよ。私のおばあちゃんの故郷なので」

「お祖母《ばあ》さん、ブラジル出身なの？」

「そうなんです。まぁ、私自身は生まれも育ちも長瀞なんですけどね。海外なんて一度も行ったことないですし」

「じゃ、同じ中学に通ってたってことか」

「先輩はお名前なんていうんですか？」

「私は部長の鶴見《つるみ》希衣。で、こっちは二年生の黒部舞奈だよ」

「よろしくお願いします！」

後輩相手にも舞奈は礼儀正しい。身長差のせいで、傍から見るとどちらが先輩か分からなくなるが。

富歌はスマートフォンを取り出すと、スラスラとフリック入力をしている。「何を書いてるの？」という希衣の問いに、「部活に関するメモです」と富歌は画面から目を逸《そ》らさずに答えた。

「私なりに、部活の評価項目っていうのがあるんですよ。雰囲気、人間関係、顧問、拘束時間です。で、今のは人間関係のところにメモしてました。先輩達が気さくって」

「まどろっこしいから土器さんのアカウント、フォローしていい？」

「悪いことを書かないように監視ですか？」

「いや、単純な興味本位。カヌー部以外の部活がどういう評価なのかも知りたいし」

「私も知りたい！」

ゴソゴソとポケットを探り、舞奈がやっとのことでスマートフォンを取り出す。ピンク色のケースに入ったそれは、去年の冬休みに姉に買ってもらったものらしい。

今まで頑《かたく》なにスマートフォンの所持を拒否していた舞奈だが、いざ持ち始めるとあっと言う間に使いこなすようになった。「もう私より『ともだち』の数が多いんですよ」というのは恵梨香の談だ。

「まぁ、別に止める気はないですけど。フォロワー数が増えたら嬉しいですし」

「土器さんはどこの部活に入りたいとかあるの？」

「私は、」

富歌は半端《はんぱ》に口を開き、それから閉じた。伏せられた瞼《まぶた》の縁に、長い睫毛《まつげ》が密集して生えている。髪型を変えるだけで一気に印象が変わりそうな顔立ちだと思った。美人だが、個性的な眼鏡と髪型がその印象を遠ざけている。

引き結ばれた富歌の唇が、軽薄な笑みの形をとる。

「ま、帰宅部ですかね。縛られるのは嫌いなので」

「フーン？」

「それに、帰宅部は絶対にホワイトですからね」

悪戯《いたずら》っぽくそう言って、富歌はスマートフォンをポケットへと突っ込んだ。希衣は彼女のアカウントを眺める。丸形のアイコンは、友達と一緒にディズニーランドに行った時の写真をトリミングしたものだった。赤いリボンの付いたミニーマウスのカチューシャが、小さな頭の上で存在感を放っていた。

結局その日、富歌は朝練習をたっぷりと見学して行った。この珍しい見学者について、教室で一緒になった千帆に報告すると「カヌー部の知名度が上がりそうで良かったね」となんとも当たり障《さわ》りのない返事をもらった。

部活を終えて帰宅した希衣は、真っ先に富歌のアカウントページを開いた。昨日今日だけでいくつかの部活の調査を終えたのか、各部活に対する評価が投稿されている。

【農園部】　かなりホワイト
・雰囲気　☆☆☆☆
・人間関係　☆☆☆☆☆
・顧問　☆☆☆☆
・拘束時間　☆☆☆☆☆
（アットホームな雰囲気の部活です。部員数は現在十七名。活動は週に二度ほどで、収穫した野菜は自分達で調理するそう。穏やかな性格の先輩が多く、優しそうな感じ！
顧問はほとんど部活に来ないみたいだけど、それが逆に緩い空気を生み出しているのかも。大会などの参加必須《ひっす》のイベントはなく、基本的には校内の花や野菜のお世話と調理がメイン活動だよ。部活には入りたいけど、活動時間が長いのはイヤって人にオススメ！）

どうやらそれぞれの項目を五つ星で評価しているらしい。星が多ければ多いほど良い部活というワケだ。

投稿にはながとろ高校の一年生と思《おぼ》しきアカウントからいくつもコメントがぶら下がっている。『ありがとうございます！』だの『助かります！』だの好意的なものが多い。

農園部といえば、千帆が所属している部活だ。余計な感情を抱かないように農園部に関する情報はできるだけ避けてきたのだが、こうしてデータとして提示されると主観でしかない感想も説得力を持っているように見えるから不思議だった。

確かに、あの部活はのほほんとしてそうな部員が多いし、喧嘩《けんか》や揉《も》め事とは無縁そうだ。強制参加の活動もないし、ゆったりと部活を楽しみたいという部員が多い印象だった。

【吹奏楽部】　ややブラック
・雰囲気　☆☆☆☆
・人間関係　☆☆
・顧問　☆☆☆
・拘束時間　☆
（他の部活と比べると圧倒的に活動時間が長い。練習は週六、木曜日は休み。日曜日が休みなこともあるが、イベントなどがある時は大抵土日両方無くなる。コンクール前はかなり厳しいみたい。目標は県大会で金賞をとること。去年も金賞だったので実績アリ。部員は現在三十一名。部の雰囲気は和やかだけれど、基本的に担当楽器ごとに動くから、パートによって先輩の当たり外れが激しい印象。顧問は人気だが、部活の時の指導はやや厳しい。しっかりと部活に参加したい人、元々吹奏楽部だった人にオススメ！）

他の部活の文面に目を通していると、富歌の評価傾向が見えてくる。活動時間が長くなるほど評価は厳しめで、緩めの部活ほど評価が高くなる。個人の感想だと片付けたいところだが、それにしてはあまりに閲覧数が多い。影響力があり過ぎる。風評被害だろ、とツッコミたいものもいくつかあった。

【カヌー部】　ほどほどにブラック
・雰囲気　☆☆☆
・人間関係　☆☆☆☆
・顧問　☆☆☆☆
・拘束時間　☆☆

（結構珍しい部活。実績は凄くて、インターハイや世界大会に出場予定の部員がいる。現在部員数は四名。人数が少ないので馴染《なじ》みやすそうな反面、少数精鋭感があって尻込みしちゃうかも。顧問は一年二組の担任である檜原《ひのはら》ちゃん。朝練習があるものの強制ではなく、自主的にしたい人だけがやってるらしい。自主的って言葉がどこまで信頼できるかは部員数が少ないので判断できないけど。外練習が川で行われるので、風景を見るのが好きな人は楽しいかも。大人数の部活が嫌な人、カヌーをやってみたい人にオススメ！）

ほどほどにブラックってどういうことだ。カヌー部ほどホワイトな部活はないだろ！そう反論したくなったが、コメントを書き残すのは野暮だろう。眉間に皺を寄せたまま、希衣はもう一度文面を読み返す。

顧問の檜原が一年生に人気なのは想像に難くない。彼女はよく言えば好かれやすく、悪く言えば舐《な》められがちだ。というか、もうちゃん付けで呼ばれているのかと少し呆れた。まだ入学式の翌日だというのに、馴染むのが早すぎる。

学習机前の椅子《いす》に腰掛け、希衣はそのまま三角座りをする。他の部活の評価が気になってさらに投稿を眺めていると、画面の上部にメッセージの通知が表示された。恵梨香からだった。

『生きてます』

シンプルな五文字と、添付されたカヌーの画像。よく見るとピースする蘭子の身体が見切れている。赤色のスプリント艇には『NELO』と書かれている。ポルトガルの有名ボートメーカーだ。

恵梨香はこまめに連絡して来るようなタイプではないため、十中八九、蘭子が送らせたものだろう。とりあえず、『元気そうで何より』と当たり障りのない返事を送る。合宿を経て、恵梨香と蘭子は更に速くなっているかもしれない。そうなったら本格的に国内では敵なしだ。

「今年こそ、インターハイで優勝したい」

呟いた台詞が他人《ひと》事《ごと》みたいな響きになったのは、恵梨香の相棒を名乗るにはあまりに力量が足りていないという自覚のせいかもしれなかった。

「皆さん、カヌーとボートの違いは分かりますか？　カヌーは前を向くスポーツです、なんて言葉があるように、前に向かって進むのがカヌー、後ろに向かって進むのがボートです」

マイクで語り掛ける希衣を、多くの一年生たちが退屈そうな顔で眺めている。隣に立つ舞奈が場を盛り上げようとパドルを動かしているが、その効果はほとんど出ていないようだった。こういう反応には慣れっこだ。中学時代も似たようなものだったから。

四月中旬、新入生に向けての部活紹介は体育館で行われた。

多くの部活が部活紹介のオリエンテーションに参加しているが、一部の文化部は新入部員に対する熱量が大してないらしく、冊子に募集イラストを載せるだけに留まっている。美術部などは熱心な勧誘をしない方が新入部員が多く入るらしいから、適切な勧誘方法というのは部によって違うのだろう。

「ウチのカヌー部は現在、女子四名です。女子部員は勿論《もちろん》、男子部員も大歓迎です。カヌーはスプリント、スラローム、その他いくつか種類がありますが、ウチでやっているのはスプリントのみです。スプリントはフラットウォーターレーシング……つまり、高低差がなく波のない静かな水面で行われます。逆に、スラロームは高低差がある激流の中を進む競技です」

一度体育館から捌《は》けた舞奈と千帆が、今度はフォア艇を運び込んでくる。その大きさに、一年生からどよめきの声が上がった。最大一一メートルのサイズを誇るフォア艇は見栄《みば》えが良いため、未経験者にウケが良い。

「これがフォア艇、四人で乗る艇です。艇には一人乗り、二人乗り、四人乗りがあります。片膝を立ててダブルブレード——パドルの先端にあるこの水搔きみたいなやつですね。これが両端にあるものをダブルブレードと呼ぶのですが――このパドルを使用して漕《こ》ぐのがカナディアン。そして、シングルブレードで漕ぐのがカヤックです」

パドルの先端を指さして、一つ一つ丁寧に説明する。こうした勧誘で真面目《まじめ》な説明をしても盛り上がりにくいことは重々承知なのだが、希衣も千帆も宴会の出し物のようなノリが苦手なために去年からずっとこの形式だ。

「ながとろ高校カヌー部は去年、インターハイのＷＫ‐１とＷＫ‐２で共に準優勝という結果を残しています。やるからには本気でやる、というのがモットーではありますが、大会への熱量は部員によって異なります。兼部している部員もいますし、初心者もいます。尻込みせず、気楽にカヌーに乗ってもらえたらと思います。よろしくお願いします」

揃《そろ》って頭を下げた部員達に、新一年生から拍手が送られる。顔を上げた拍子に、希衣は視界の端に見覚えのある顔を捉《とら》えた。富歌だ。後列に座る彼女はこちらの発表に目もくれず、必死にスマホを弄《いじ》っていた。教師にバレたら叱《しか》られそうだ。

自分達に割り当てられた時間の終了を、それとなく教師が教えてくれる。体育館を後にするカヌー部に、義理感の強い拍手が再び送られた。

「一年生、入ってきますかね」

フォア艇を持ちながら、舞奈が千帆に話しかけている。

「紹介冊子の絵も舞奈ちゃんが一生懸命頑張ってくれたし、入って来て欲しいね」

「我ながら自信作です」

「可愛《かわい》い絵だと思ったよ」

胸を張る舞奈に、フフフと千帆が笑みをこぼしている。舞奈が以前言っていた『全部同じ顔になる』という台詞の謎《なぞ》は、紹介冊子用のイラストを受け取った時に解決した。

【新入生求む！　ながとろ高校カヌー部

この世界には二種類の人間がいます。カヌーに乗ったことがない人と、ある人です。あなたも一度、カヌーに乗って自然に触れてみませんか？　体験会もやっています。

レッツ・エンジョイ・カヌー♪】

前半の三行は恵梨香が、最後の一文は舞奈が考えたらしい。文章の下には舞奈が描いた絵があるのだが、太陽にも雲にもカヌーにも、カヌーに乗っている女の子にも顔がついている。その全《すべ》てがニコニコした笑顔で、希衣としては可愛らしさよりも先に少しばかり狂気を感じた。千帆は全く気にならないようだが。

「もし一年生が来なかったら、それはそれで楽しいだろうなって思ってるんだ、私」

千帆の台詞に、舞奈は口元をムズムズと動かした。唇の隙間《すきま》から、チロリと白い歯が覗く。

「私もです！」

そう力強く告げた舞奈に、希衣も内心で同意した。

珍しいこともあるもので、体験期間中のカヌー部は盛況だった。なんと、一日に五人ほど見学者が来てくれているのだ。

他の部活の人間からすると大したことはないと鼻で嗤《わら》われるレベルかもしれないが、去年と比べると格段に人数が増えた。なんせ、去年は期間全体を通して舞奈と恵梨香しか来なかったから。――だが順風満帆とは程遠い状況だ。

見学に来てくれた一年生たちは、皆一様にこう言った。

「カヌーは楽しいんですけど、一度乗ってみたかったってだけなので」

つまりは冷やかしなのだ。初心者でも乗りこなせるレジャー用のカヌーを目一杯楽しんだ一年生たちは満足した面持ちでカヌー部を後にし、二度と顔を出さない。

「んー、ちゃんと入部してくれるか心配ですね」

カヌーの水を抜きながら、舞奈が眉尻を下げる。体験期間最終日になっても正式な入部希望者は現れなかった。ＳＮＳでのカヌー部の評判は上々だったが、それも結局はレジャー感覚で、入部したいというワケではなさそうだった。

貸し出していたライフジャケットを手際《てぎわ》よく干し、千帆はにっこりとこちらに向かって微笑《ほほえ》んでみせる。

「でも去年より前進したよ。カヌーに興味を持ってくれた子がこんなに増えたってだけで嬉しいもん」

「そうは言うけど、農園部は既に入部希望者が五人来たらしいじゃん」

「元々カヌー部より規模が大きい部活だしね。ちゃんと需要があるんだよ」

「カヌーにだって需要はあるけど」

「そうは言っても一人だとなかなか入りにくいんじゃない？　それに、こういうのは無理やり入ってもらうもんでもないし。新入部員がいないならいないで大丈夫だよ」

それは確かに、と希衣は口を噤《つぐ》んだ。反論の余地がない。

「あ！」

カヌーを片付けていた舞奈が唐突に声を上げる。思わずそちらへと顔を向けると、舞奈が艇庫の陰を指さしている。「タヌキでもいた？」と尋ねた希衣に、「人です！」と舞奈は即答した。

「人？」

「土器富歌ちゃんです」

舞奈の言葉に観念したように、艇庫の陰からもそもそと富歌が抜け出した。動揺を隠すように短い前髪を必死で撫《な》でつけている。

彼女と初対面である千帆が首を傾《かし》げた。

「もしかして、舞奈ちゃんの友達？」

「友達というか、顔見知りです。一年生で、前に希衣先輩と一緒に朝練してた時に練習を見てくれて」

「じゃあ体験入部希望者かな？　でも、今日はもう帰る時間だから今からカヌーには乗れないんだ、ごめんね」

「いやいや、この子は冷やかしみたいなもんだから」

口を挟んだ希衣に、「そうなの？」と千帆が戸惑うような視線を寄越す。こちらに歩み寄って来た富歌は、拗《す》ねたように唇を尖《とが》らせた。

「冷やかしじゃないですよぉ」

「じゃあ今度は何の偵察？　カヌー部はほどほどにブラックなんでしょ？」

「あ、見てくれたんですね。私の投稿」

ぱっと表情を明るくした富歌に、希衣は意図的に顔をしかめた。

「そりゃね。結構好き勝手書いてあったけど」

「でも間違った情報は書いてなかったでしょう？　カヌー部は閲覧数が少ないみたいで、いいねの数は少なかったんですけど」

「その情報、いま要る？」

「一応のご報告です。ほら、やっぱり気になるかと思いまして」

「そりゃまあ気になるけど、投稿した本人に言われるのは何か釈然としないな」

「そうですか？　私の投稿は宣伝になるんですから、むしろ感謝されてもいいくらいだと思うんですけど」

「それを自分で言っちゃうところが信用できないんだよね」

両腕を組み、希衣はジロリと富歌を見遣《みや》る。視線を受けた彼女は目を泳がせている。舌は回るが感情を隠すのは下手なタイプらしい。そういうところは年相応の可愛げがある。

「まぁまぁ、一年生相手にそんなに威嚇《いかく》しないであげて」

たしなめる千帆に、「威嚇はしてない」と言い返す。強がっている子供みたいな言い方だと気付き、「本当に」と希衣は慌てて付け加えた。クールな先輩を演じたはずなのに、ますます子供っぽさが強調されてしまった。

「それで、富歌ちゃんは何の用事なのかな？」

千帆が優しく問いかけると、富歌はもぞもぞと肩に掛けていたスクールバッグの中身を漁《あさ》り始めた。教科書やポーチの間に挟まった紙を取り出し、富歌は「あった！」と自信満々に掲げてみせる。ファイルの中に入れるという発想がないのか、紙はくしゃくしゃで幾つも折り目が付いていた。

「その紙は？」

尋ねた希衣に、富歌は胸を張って答える。

「入部届けです。私、カヌー部に入ろうと思って」

「マジか」

「マジです」

突然の展開に呆気《あっけ》に取られた希衣の手に、富歌が強引に紙を捻《ね》じ込んでくる。お世辞にも綺麗《きれい》とは言えない手書きの文字で、彼女の名前がしっかりと書かれている。

「何でカヌー部に？　ホワイト部活の帰宅部に入るんだと思ったのに」

「まぁまぁ、理由はなんでもいいじゃないですか」

親しげにこちらの肩に腕を載せ、富歌は手慣れた動きでスマホのインカメラで自撮りをした。眉間《みけん》に皺を寄せる希衣と笑顔の富歌のツーショット写真が長方形の画面に表示されている。

「これ、アップしていいですか？」

「普段は良いって言うけど、土器さんはダメ」

「えー、ひどい。新入部員には優しくしてください」

「黒部さんみたいなタイプなら優しくするけど、土器さんって最初から胡散臭すぎるんだよね」

「うわ、後輩差別反対です」

片頬を膨らませる後輩はやはりどこか怪しく見えた。そもそも本当にカヌーに興味があるのなら、冷やかしで体験入部にやって来た子達と同じようにレジャー用のカヌーに乗りたがってもおかしくないはずなのだ。わざわざ入部届けをこんな時間に持って来るのも不自然だし、何か裏があるんじゃないかと勘繰ってしまうのも仕方ないことだろう。

「土器さん、本当にカヌーがやりたくてカヌー部に入るんだよね？」

未《いま》だに肩に腕を回したままの後輩の目を見つめると、彼女はその両目をにっこりと半弧に歪《ゆが》めた。

「カヌーをやりたいというか、写真が撮りたくて」

「写真？」

「ほら、カヌー部って自然の中で活動するらしいじゃないですか。じゃ、綺麗な写真もいっぱい撮れるだろうなって」

「いやいやいや、写真の為《ため》にそんな回りくどいことするなんて馬鹿《ばか》じゃないの」

「希衣、言い過ぎだよ」

千帆が優しくたしなめる。味方されたことで調子に乗ったのか、富歌は軽く舌を突き出す。

「わあ、先輩優しい。それに比べて鶴見先輩ってば怖いんですよ」

「怖いならわざわざカヌー部に入らなくていいでしょうが。活動のほとんどない部活が好きなんでしょ？」

「それはほら、鶴見先輩が言ったんじゃないですか、カヌー部は自主性を重んじてるって」

「確かに言ったけども」

「じゃ、どんな理由でカヌー部に入ろうとこちらの自由じゃないですか？　それとも、動機を否定するくらいブラックな部活なんですか？」

それはブラックかどうかと全く別問題だろう。そう言い返したかったが、真正面からやり合うのも不毛な気がして希衣は口を噤んだ。本当にカヌーに興味が無かったらすぐに興味を失って退部するだろうし、そもそも相手の我《わ》が儘《まま》に律儀《りちぎ》に付き合ってやる義理もない。

「ま、入るのは自由だから止めないけど、自主性云々《うんぬん》って言い出したのは自分だって忘れないようにしてよね」

「はーい」

返事だけはお行儀のいい後輩に、希衣はわざと大きく溜息を吐く。一連の流れを見守っていた舞奈が、「いちねんせいがなかまになった！」とはしゃぐような声音で言った。

第五章

だから私は私が好きだ

side　舞奈

『カヌーに愛されているか、ですか？』

　薄型の液晶ディスプレイに困惑する恵梨香《えりか》の顔が映し出される。自室のパソコンを見つめていた舞奈《まいな》は、尻《しり》が痛くなってきたことに気付いて慌《あわ》てて椅子《いす》に座り直した。

　画面に再び意識を集中させる。屋外に並んで置かれたパイプ椅子、その右側に恵梨香が、左側に蘭子《らんこ》が座っている。長い脚を組み替え、蘭子はアッハッハと快活に笑った。

『そんな真面目《まじめ》に考えんでいいって』

『はぁ』

『考えたことない？　自分はカヌーの神様に愛されてるんかって』

　スピーカーを通して聞こえる蘭子の声はどこまでも明るい。日差しの眩《まぶ》しさを誤魔化すように、恵梨香が黒いキャップの鍔《つば》を引き下げた。

『ないですね』

『クールやなぁ。うちはよく考えるよ、ずぅーっと片想《かたおも》いやなって。うちはこんなにカヌーを愛してるのに、カヌーはうちを愛してくれへん』

『十分に愛されてると思いますけど』

『それじゃ足りんってワケ。ほら、うちって愛が重いタイプやから』

『そうなんですか？』

『そうやんか。恵梨香ちゃんを口説き落とすのも大変やったもん』

『なんだかその言い方、語弊がありますね』

『照れんといてや、事実やん』

左隅にある停止ボタンを押すと、流れていた映像は静止した。マウスをスクロールし、舞奈は投稿者欄にもう一度目を通す。

【今日は日本を代表する（？）カヌー選手の二人に話を聞いてきたよ！（桜《さくら》）】

千葉県小見山《おみやま》高校の大森《おおもり》姉妹は、ＳＮＳ活動に力を入れている。今回YouTubeにアップされた動画もその一環で、代表候補合宿中の蘭子と恵梨香にインタビューしたものだ。なんでも、姉の大森椿《つばき》も合宿メンバーだったらしく、その縁で蘭子達に取材することを許してもらったらしい。撮影者は双子の姉の楓《かえで》で、インタビュアーは妹の桜だ。

画面に映る恵梨香は自然体で、緊張しているようには見えなかった。蘭子の隣にいることにも随分と慣れたようだ。

再生ボタンを押すと、静止していた世界が再び動き出す。頬に沿うように伸びる黒髪を指先で引っ張り、恵梨香は目を伏せたまま静かに言葉を紡《つむ》いだ。

『カヌーに愛されてるかどうかよりも、どうやって生きていくかを考えることの方が私にとっての重要課題だったので』

『どういうこと？』

『私、中学生の頃は学校に行っていなかったので。今、こんな風にいろんな人と一緒にカヌーをしていること自体、時々信じられないような気持ちになります』

『えー！　恵梨香ちゃんって不登校だったの？』

　思わずといった具合に、桜が驚きの声を漏らす。『意外だね』と画面の外から楓の相《あい》槌《づち》も加わった。

　パイプ椅子の上で再び足を組み替え、蘭子は肩の上に掛かる黒髪を悠然と手で払った。口の片端だけを引き上げ、彼女は面白がるような眼差《まなざ》しを恵梨香に送る。

『じゃ、恵梨香ちゃんはその間なにやってたん？』

『カヌーです。ずっと、カヌーをやってました』

　即答だった。彼女の強い眼差しが、真《ま》っ直《す》ぐにカメラを射抜く。

『なので、高校に入ってすぐにカヌー部に誘ってくれた友人には感謝しています。もしあの時の出会いがなかったら、今でも私は一人でカヌーをしていたと思うので』

　スピーカー越しに聞こえた声に、舞奈は自分の口元が勝手にムズムズと動くのを感じた。意味がないとは分かっていても、私だって感謝してるよ！　と大きな声で叫びたくなる。

机に手をつき、舞奈は鼻先をディスプレイへと近付けた。動画の中で、先輩達に囲まれた恵梨香は少し遠慮がちに、しかし楽しそうに歯を見せて笑っている。

一年前の春、教室に行くことを嫌がっていた少女の姿はそこになかった。


左足は地面に、右足はペダルに。木造の駅舎の前で、舞奈は自転車を停めた。

早朝の波久礼《はぐれ》駅前は全く人気《ひとけ》がなく、聞こえるのは鳥の声ばかりだ。落ち着きなくサドルに尻をつけたり浮かしたりを繰り返すこと数秒、そういえば暇つぶしにピッタリな道具を持っていることを舞奈は思い出した。

スクールバッグのファスナーを開け、内ポケットからスマートフォンを取り出す。白いスマホは最新モデルではなく一つ前の機種らしい。冬休みにピンクのスマホケースと共に、社会人の姉が舞奈に買ってくれたのだ。

機械は苦手な方だが、説明書を読まなくとも使い方はすぐに分かった。あれだけ渋っていたのが今となっては不思議に思うほど、スマホは舞奈の生活にすぐに馴染《なじ》んだ。

ＳＮＳといってもＬＩＮＥぐらいしかやっていないが、東京の友達は舞奈のスマホデビューをとても喜んでくれた。中学時代の友人で作ったＬＩＮＥグループには、定期的に綺麗《きれい》な料理の画像やお洒落《しゃれ》なカフェの画像が貼《は》られる。その度に、舞奈も幸せのお裾《すそ》分《わ》けとして長瀞《ながとろ》の風景写真を投稿した。

「おはよう」

「おわっ」

画面をスクロールするのに夢中になって、周囲の様子に目を配る余裕がなくなっていた。スマホを取り落としそうになり、舞奈は慌てて持ち直す。

顔を上げると、目線よりも随分と高い位置に待ち合わせ相手の顔があった。

「恵梨香！」

喜びを抑えきれず、舞奈はガバリと両腕を広げた。自転車が無かったら飛びついているところだった。

「久しぶりだね、カヌー部はどう？」

「ＬＩＮＥでも言ったけど、一年生が一人入って来たよ。それより、恵梨香の方はどうだったの？　合宿」

「なんというか、凄《すご》かった」

「どんな風に？」

「本気な人だけが集まって、本気で一つのことを頑張る感じが。皆、本気でオリンピックを目指してるんだなって思った」

「改めて考えると世界大会に出たりするのってそれだけでとんでもないことだよね。本当、恵梨香って凄い」

「まだ出場してないけどね。海外の大会に出るのが決まったってだけで」

黒髪を耳に掛け、恵梨香は照れたように目を伏せた。自転車のペダルに足を掛け、「そろそろ行こう」と彼女は言った。先に走り出した恵梨香の自転車を追いかけるように、舞奈もまた漕《こ》ぎ始める。

波久礼駅から学校までの道中は坂が多く、一年生の頃はヒイヒイと息を切らしていた。しかし一年も経《た》った今では身体《からだ》もすっかり鍛えられ、立ち漕ぎしなくとも上り坂を越えられるようになった。

車道と歩道を区切る白い線を越えないように気を付けながら、舞奈はペダルを踏み続ける。満開だった桜はとっくに散り、山は新緑に満ちている。風が吹き抜ける度に、瑞々《みずみず》しく光る葉が豊かな緑の波を作った。

「お父さんとかお母さんはなんて言ってたの？　おめでとうって？」

「ん？　まぁ、普通だった。医大にさえちゃんと行ってくれればそれでいいって」

「応援とかはなく？」

「金銭的な援助はしてくれるって言ってたから、それ以上はこっちも求めてない。学校に行けない分は家庭教師をつけてくれるらしいし」

「お祝いは？」

「そういうのはしないよ、家《うち》は。勉強さえしてれば学校に行く必要もないって考え方だしね。カヌーも単なる息抜きだと思われてるよ、きっと」

「それってなんか、寂しくない？」

「そうでもないよ。もう慣れたから」

耳に掛かる黒髪を右手で梳《す》き、恵梨香は普段と変わらぬ口調で言った。舞奈はハンドルを握り締める。

「慣れたかどうかと恵梨香がどう感じるかって、全然別問題だと思うけどな」

「なんかそれ、舞奈らしい考え方だね」

「そう？　普通だと思うけどなぁ」

「蘭子さん達に囲まれてたから余計に思うよ。舞奈と喋《しゃべ》ってるんだなって実感する」

「えへへ、私も恵梨香だーって感じるよ」

「本当、そういうとこ」

「そういうとこってどういうとこ？」

「秘密」

クックッと愉快そうに喉《のど》奥を鳴らして笑い、恵梨香はちらりとこちらを振り返る。長い睫毛《まつげ》に縁取られた黒い瞳《ひとみ》の中には、トパーズ色の朝日が映り込んでいた。

合宿を終えて久しぶりに登校した恵梨香を、クラスメイト達は自然に受け入れた。やはり三年間同じクラスという仕組みが大きく影響しているのだろう、二年生になったとはいえ学校生活は一年生の頃の延長のような感覚の生徒が多かった。人間関係もほとんど変化がなく、だからこそ恵梨香の居場所はずっと同じ形で存在した。

だが、カヌー部には大きな変化があった。それが土器《どき》富歌《とみか》——新一年生の加入だ。

放課後。部室にやって来た恵梨香の姿を見付けた途端、ジャージ姿の富歌が駆け寄ってきた。七分丈に捲《まく》られたズボンの裾から、足首に巻かれたミサンガが覗《のぞ》いている。星のビーズが付いた可愛《かわい》らしいデザインだった。

「この子、誰？」

困惑する恵梨香に、舞奈は慌てて富歌の方に手を向けた。

「この子が一週間前に入部した土器富歌ちゃんだよ」

「よろしくお願いします！」

勢いよく頭を下げた富歌に、恵梨香は「よろしく」と小さく会釈《えしゃく》しただけだった。その瞳は動揺を訴えるように小さく左右に揺れている。どうやら一年生相手に人見知りっぷりを発揮しているようだった。

「あの、私、湧別《ゆうべつ》先輩が来たらお願いしようと思っていたことがあるんですけど」

「何？」

「一緒に写真撮って良いですか？　インスタにあげたくて」

「え、イヤだ」

「ダメなんですかぁ？　なんで？」

「私、仲良くない人と写真を撮りたくない」

ズバッと言い切るところが恵梨香らしい。一刀両断されるとは思っていなかったのか、富歌の口端がひくついた。

「またアンタ余計なこと頼んでんの？」

部室に入って来た希衣《きえ》が、富歌を見て顔をしかめた。その隣に並んでいる千帆《ちほ》が「まあまぁ」と眉尻《まゆじり》を下げる。

「富歌ちゃんは写真を撮るのが好きな子なんだよ」

「好きっていうか……この子、写真の為《ため》にカヌー部に入ったらしいから。風景写真を撮ってインスタにあげたいんだとさ」

素っ気なくそう言って、希衣は富歌の方に顎を突き出した。富歌が入部して以降、希衣の眉間《みけん》には皺《しわ》が寄っていることが多い。

「もう、希衣は富歌ちゃんに当たりが強いなぁ」

「だってやる気がない癖にカヌー部に入るってどうなのよ」

フンと鼻を鳴らした希衣に、富歌が唇を尖《とが》らせた。

「やる気ならありますよ！　良い写真を撮るっていう」

「だったら写真部でいいでしょうが」

「写真部はこの学校にないんで」

「ないなら作ればいいだけでしょ。根性がない」

「うわ、今の発言モラハラです。モラルハラスメントです！」

「アンタの台詞がハラハラよ」

「なんですかハラハラって」

「ハラスメントハラスメント」

「変な造語作らないでくださいよ」

言い合う二人を、恵梨香がじっと見つめている。視線に気付いた希衣が肩を竦《すく》めた。

「この一年のことはほっといて、久しぶりに二人で乗ろう。利根《とね》蘭子の後じゃ物足りないかもしれないけど」

「そんなことないです。すぐ着替えます」

「じゃ、低強度でよろしく」

ポン、と希衣に肩を叩《たた》かれ、恵梨香は僅《わず》かに頬を緩めた。脱ぎかけたブレザーが彼女の肩に半端《はんぱ》に掛かっている。

「千帆先輩、私たちはどうします？」

「今日はシングルで乗りたいから別々に乗艇でいいかな」

「大丈夫です！」

練習メニューが決定し、部員達は速やかに動き始めた。着替えを終えた恵梨香と希衣が最初に部室を後にし、その後に千帆が去る。

最後に残されたのはラッシュガードに着替えた舞奈と、長椅子《ながいす》に座って退屈そうにスマートフォンを弄《いじ》っている富歌だった。

「富歌ちゃんも乗る？　カヌー、楽しいよ」

「ありがとうございます。でも私、自分で乗るつもりはないので」

正式な入部日から一週間が経《た》つが、富歌は頑《かたく》なにカヌーに乗ろうとしなかった。その割に、マネージャーになりたいというワケでもなさそうだ。

スマホを弄ってばかりで顔を上げようとしない富歌の隣に、密着するようにして舞奈は座った。一四八センチしかない舞奈と比べると、富歌は一〇センチ近く背が高い。傍から見たらどちらが先輩か分からないだろう。

「うわ、近っ」

素の声なのか、普段よりも低い声が富歌の口から漏れた。

「先輩、距離感バグってません？」

「そうかなぁ。普通だと思うけど」

「というか、練習に行かなくていいんですか？　昨日まで私のことなんて気にしてなかったじゃないですか」

「そうなんだけど、富歌ちゃんいっつも部室で一人でいるでしょ？　これじゃ、何のためにカヌー部に入ったか分かんないよ」

「三年生の人たちはスルーしてくれてますけど」

「スルーというか、意思を尊重してるんだよ。千帆先輩は無理強いするタイプじゃないし、希衣先輩はやる気のない人に付き合うつもりなんてないだろうし……」

　富歌はスマートフォンを膝《ひざ》の上に置くと、舞奈へと顔を向けた。クルクルと跳ねる前髪が富士額に掛かっている。

「あと、本当に綺麗な写真を撮りたいならやっぱりカヌーに乗った方がいいよ。水面からしか見られない場所も多いしね。この前だったら桜が綺麗だったし、秋は紅葉が凄いし。あと、シンプルに川が綺麗！」

「セールスみたいな言い方しますね」

「今なら私のレッスンも付けるよ！　一年生の時は私も千帆先輩にカヌーの指導を受けてたんだ。スプリント艇に乗るのは難しいから、最初は学校のプールから浮く練習をして、それから川に移っての乗艇練習だよ」

「めんどくさそうです」

立ち上がり、舞奈は富歌の腕を引っ張った。最初は抵抗していた富歌だったが、舞奈が何度か手を引くと渋々椅子から立ち上がった。

「最初はレジャー用カヌーで慣れるといいよ。千帆先輩もそうしてくれたし」

「レジャー用カヌーってあれですよね、なんか大きいやつ」

「スプリント艇は抵抗を少なくするために底の面積が小さくてバランスをとるのが難しいんだけど、レジャー用カヌーは底が平べったいんだ。だから初めてでもすぐ乗れるよ」

「へぇ……」

富歌の腕を引いたまま艇庫へと移動する。もっと嫌がるかと思っていたが、富歌は意外にも素直について来た。「なんで私が……」だの「そんなつもりでカヌー部に来たわけじゃ……」だのとぶつぶつ呟《つぶや》いているのは聞かなかったことにした。だって、実際に乗ったらきっとカヌーの楽しさをわかってくれるはずだから！

艇庫のシャッターは開け放たれ、ペア艇とシングル艇が一艇ずつ無くなっていた。恵梨香達が既に使っているのだろう。舞奈は艇庫の隅に並べて置いてあるハンガーからライフジャケットを二着取り出した。

「はい、これつけてね」

「つけてるとダサくないですか？」

「そんなことないよ、カヌーにこれから乗るんだぞって感じがしてカッコいいって。それに、ダサイとかそんな小さいことを気にして死んじゃう方がよっぽど怖いよ」

「えっ、カヌーって死ぬかもしれないんですか」

「水場《みずば》でするものだから危険はあるよ。だからこそ、ちゃんと万全を期すべきだって希衣先輩が言ってた」

富歌は嫌そうな顔をしていたが、駄々をこねずにライフジャケットを装着した。二人分のパドルを手に取りながら、舞奈は「ふふふ」と思わず笑う。

「何笑ってるんです？」

「だって富歌ちゃん、分かりやすいんだもん。本当はもっと早くからカヌーに乗ってみたかったんでしょ。じゃなきゃ、カヌー部に入ろうだなんて思わないもんね」

「別にそんなつもりじゃないです。今はほら、舞奈先輩が言うから仕方なく乗ってもいいかなって」

いじけたように俯《うつむ》き、富歌はライフジャケットから伸びた紐《ひも》を引っ張る。その顔を、舞奈は下から覗き込んだ。

「自分から『やりたい』って言ったら負けた気がする？」

富歌が作る影が、舞奈の顔をすっぽりと包み込んでいる。彼女は大きく目を見開き、それから強がるように首を横に振った。

「そういうんじゃないです。ってか、舞奈先輩コワッ」

「ええっ、どこが？」

「土足でドカドカと人の心の中に踏み込んでくる感じが」

「普通にしてるだけだけどなぁ」

「天然ものってこういうところがヤバいんだよなぁ」

「えへへ、褒められてるのかな」

「絶対に褒めてないです」

嚙《か》みつくように言い返され、舞奈は目をぱちくりさせた。こんな風に言われるのは初めてだ。小学生の時も、中学生の時も、高校一年生の時も、舞奈への評価はいつだって『可愛い』だった。怖いだなんて真逆の評価だ。

壁に掛かっていたレジャー用のカヌーは空気で膨らませるタイプなので見た目よりもずっと軽い。そちらは富歌に運ばせ、舞奈は自分で使うシングル艇を肩に載せるようにして持ち上げた。

最初の頃はシングル艇を一人で運ぶなんて絶対に不可能だったけれど、今では簡単に運ぶことができる。一年間の成長を実感するのは楽しい。自分の変化が目に見えて分かるから。

「それ、重くないんですか？」

「重いけど、ペア艇とかフォア艇に比べたら全然軽いよ」

よいしょ、と思わず声が漏れる。艇庫のシャッターを開けっ放しにしたまま、二人は河川敷へと歩き出した。ながとろ高校の艇庫と川の距離は非常に近く、他校と比べるとかなり恵まれた環境らしい。

サンダルをペタペタと鳴らして歩く舞奈の背後から、富歌のスニーカーの底を擦《こす》るような足音が聞こえてくる。河川敷に生えた雑草は一部が踏み潰《つぶ》されていた。カヌー部員達が浮桟橋《うきさんばし》に行くたびに通るため、いつのまにか道が出来ていたのだ。

「フォア艇ってあの長いやつですよね、部活紹介の時に見せてくれた」

「そう。県大会は五月だからね、恵梨香が戻って来たからその分、フォアの練習も頑張らないと」

「あれ、写真だったら映えそうだなって思ってたんですよ」

「カヌーはどれも綺麗だよ。人が漕いでいるところは特にね」

浮桟橋に到着し、舞奈はウマと呼ばれるスタンドにシングル艇をひとまず置いた。富歌からレジャー用のカヌーを渡してもらい、浮桟橋に寄せるようにして水面に浮かべる。

浮桟橋周辺に恵梨香達の姿はなかった。多分、かなり先まで進んでいる。三人が戻って来るのはしばらく後になるだろう。

「私が支えておくから、まず乗ってみよう」

「ええっ」

ごく普通の提案だと思ったのだが、富歌は何故《なぜ》かその場で飛び上がった。透明な眼鏡のレンズの奥で、その両目がぎこちなく泳ぐ。

「あー……えっと、本当に乗る感じですか？」

「乗らないのに運んできたの？」

「いや、乗るだろうなとは思ってたんですけど、心の準備が」

「心の準備なら一週間ずっとしてたでしょ？　部室で、一人で。私、富歌ちゃんは寂しく思ってるんじゃないかって心配してたんだ。せっかく部活に入ったんだもん、一緒に楽しいことしたいよね」

「うう。悪気がないだけに厄介すぎる」

放置していたことに対する謝罪を込めた発言だったのだが、何故か富歌は額を押さえた。

「舞奈先輩は三年生二人と全然違うタイプですよね。こう、距離感がおかしいというか」

「そうかなぁ」

「自覚がないってヤバいですね。……こういう圧が世界をおかしくしてるんだよなぁ」

最後の方は声が小さくなっていたせいで上手《うま》く聞き取ることが出来なかった。「なんて言ったの？」と聞き返した舞奈に、「なんでもありません」と富歌は首を左右に振る。

「じゃ、そろそろ乗ろうか。パドルから手を離さないようにね」

レジャー用カヌーの表面を押さえたまま、舞奈は浮桟橋の端に身体を寄せる。空気を沢山含んだ艇は押すとプカプカと浮かび上がってくる。舞奈はそれを手で摑《つか》むと、一年前に千帆がやってくれたのと同じように艇を支えた。

「さ、乗って大丈夫だよ」

「本当に落ちないですか？」

「スプリント艇と違ってレジャー用のカヌーは浮きやすいから、よっぽどのことがない限り落ちないはずだよ。私でも乗れたんだもん、大丈夫」

「わ、分かりました」

富歌が恐る恐るスニーカーを脱ぐ。足首丈の靴下も脱ぎ、彼女はボール状にそれを丸めた。靴の中に押し込み、ゆっくりと右足の先端を艇に載せる。丸みを帯びた指先が、赤い表面に食い込んだ。

「すごくぐらついてますけど、本当に大丈夫ですか？」

「焦《あせ》らなきゃ大丈夫だよ。支えてるから」

舞奈の言葉に背を押されたように、富歌がそろそろと艇へ腰を下ろす。平べったい艇の底は一人分の体重をしっかりと支えてくれていた。カヌーの赤が、深緑色の水面に揺らめいている。

思わず、といった具合に富歌が破顔した。

「の、乗れました！」

「やったね。じゃあ、手を離すからパドルを動かしてみよう」

艇を押さえていた両手を離す。富歌はパドルのシャフト部分を強く握り締めると、水の表面を掻《か》き混ぜるように浅く先端のブレードを動かした。動きに合わせ、波紋が広がる。生まれた泡がぷつぷつとブレードに纏《まと》わりつく。

浮桟橋から離れようと、富歌はパドルの先端でぐいと川岸を押した。勢いに乗り、カヌーは前へとぐんと進む。それに驚いたのか、富歌が身を縮こまらせた。身体が硬直し、反射的に右へと傾く。――艇がぐらついたのは一瞬だった。

ざばん、と大きく飛沫《しぶき》が上がる。スプリント艇に比べるとずっと横幅の広いレジャー用のカヌー艇は、ものの見事にひっくり返った。

「どえええっ」

舞奈はこれまでも何人かの一年生をレジャー用カヌーに乗せてきたが、それがひっくり返るところを見るのは初めてだった。自分も何度も乗った艇だが、あれで転覆するだなんてそうそう考えられない。

「だ、大丈夫？」

浮桟橋の先端に駆け寄った舞奈の問い掛けに答えるように、荒川の水面から富歌が勢いよく顔を出す。水に濡《ぬ》れたせいでセットされた髪はぐしゃぐしゃだった。

浮いたままの艇の底にしがみつき、富歌はこちらを睨《にら》みつける。頬に張り付いた髪を指でつまみ上げ、彼女はバシバシと艇底を叩《たた》いた。

「全然大丈夫じゃないじゃないですか！」

「うーん、普通は大丈夫なんだけどなぁ。もしかして富歌ちゃん、運動がとっても苦手だったりする？」

問いに他意はなかったのだが、富歌はカヌーにしがみついたまま固まった。先ほどまで饒舌《じょうぜつ》だった口がピクリとも動かなくなったのを見て、舞奈は自分の口元を手で押さえた。傷付けるつもりはなかったのだけれど、良くないことを口にしてしまったのかもしれない。

舞奈はサンダルを脱ぐと、そのまま勢いよく川へとジャンプした。ばしゃーん、と先ほどよりも大きな水飛沫が上がり、「きゃっ」と富歌が短く叫ぶ。

ライフジャケットによって浮き上がる身体は、簡単に川の流れに従いそうになる。両手で大きく水搔《みずか》きし、舞奈は富歌のすぐそばまで近付いた。カヌーから離れて漂うパドルを手繰り寄せ、富歌へと笑い掛ける。

「これで濡れてるの、お揃《そろ》いだ」

富歌は呆気《あっけ》に取られたようにポカンと口を開けていたが、やがて大きく笑い始めた。込み上げる笑いのせいで、その体軀が小刻みに震えている。

目尻に浮かんだ涙を指で拭い、富歌は舞奈の肩を強く叩いた。

「舞奈先輩って、本当に厄介ですね！」


「私、厄介だなんて言われたことがないけどなぁ」

「それは先輩の周りにいる人の性格が良いからですよ」

ぼやいた舞奈に、服の上からバスタオルに包《くる》まりながら富歌が答える。あの後、川から上がった二人はそのまま部室へと戻ることにした。富歌は着替えがなかったので、部室で管理している衣服を貸すこととなった。落水は日常茶飯事なので、替えのTシャツやパンツを衣装ケースに保管しているのだ。

長椅子に腰かけたまま、富歌は壁かけ時計を見上げる。

「あれから一時間経ってますけど、先輩達まだ戻ってないんですか」

「練習メニュー的に、九十分くらい乗ってるよ」

「体力ありますよね、本当」

そう言いながら、富歌はバスタオルに包まる自分の姿をスマホで撮っている。

「それも、インスタにアップするの？　私は使ったことないけど、写真をいっぱいあげるサイトなんでしょ？」

「サイトというか、ＳＮＳですね。アプリです」

「素敵な思い出とか楽しかった瞬間を皆に分かち合う為にそういうの使うのかな」

「……まぁ、そんな感じです。長い文章読むより写真の方が楽だし、これ見てーって気楽に言ってるようなイメージですかね。っていうか、舞奈先輩ってインスタやってないんですか」

「やったことない。スマホを持ち出したのも最近だし」

「ひえー、生きる化石じゃないですか」

「そ、そこまでじゃないよ。スマホが無くたって問題なかったけど、恵梨香が合宿とかで忙しくなったから。離れても連絡出来たらいいねって話してて」

「舞奈先輩と湧別先輩が仲良いってのも不思議ですよね。全然違うタイプに見えるのに」

自分の身体を引き寄せるように、富歌は長椅子の上で三角座りをした。寒いのかもしれない。舞奈は鞄《かばん》から水筒を取り出すと、置かれている紙コップへと中身を注いだ。狭いプレハブ小屋に、リンゴの甘い匂《にお》いが充満する。今日の紅茶はホットアップルティーだ。

「はい、あったまるよ」

富歌はバスタオルの隙間《すきま》から手を伸ばすと、紙コップを受け取った。ふぅ、ふぅ、と唇で吹いている。猫舌なのかもしれない。

「これ、舞奈先輩が自分で用意したんですか？」

「ティーバッグだけどね。千帆先輩がやってるのに憧《あこが》れて、私も真似《まね》してるの。自分がやってもらったことを、いつか後輩にもやってあげるのが夢だったんだ。だから、富歌ちゃんのおかげで夢が叶《かな》っちゃった」

「随分しょぼい夢ですね」

「叶えやすい夢をたくさん持つことが幸せになる秘訣だっておばあちゃんが言ってたよ」

「……うーん、手強い」

「おばあちゃんが？」

「いや、舞奈先輩が」

そう言って、富歌は紙コップへ口を付けた。紅茶を飲む後輩を横目に見ながら、舞奈は椅子へと腰掛ける。借り物の服を着ている富歌と違い、舞奈の着替えは自前だ。なんせ、落水には慣れている。部室にある衣装ケースの中でも、舞奈の着替えの使用頻度は群を抜いて高かった。

　自分の分の紙コップからちびちびと飲みながら、舞奈は爪先《つまさき》を意味もなくぴんと伸ばした。

「富歌ちゃんは恵梨香に会いたくてカヌー部に入ったの？」

「ごほっ」

　そんなつもりはなかったのに、富歌が勢いよく咽《む》せた。「大丈夫？」と背中を擦《さす》ってやると、やんわりと手首を掴まれて止められた。

「だ、大丈夫です。ちょっと動揺して」

「動揺するような話したかな」

「いや、あの、まさか舞奈先輩からその話が来ると思ってなくて。ほら、私は写真を目当てにカヌー部に入ったワケですよ」

「でも、それだけでもないでしょ？　綺麗《きれい》な自然を写真に撮るならカヌーに乗ったほうが絶対いいのに、富歌ちゃんってばずっと部室でスマホ弄ってるし。あと今日、恵梨香と会った時にすごく嬉《うれ》しそうだったから、もしかしてそれが理由なのかなって」

「私、そんなに露骨に顔に出てました？」

「というか、なんとなくピーンときたの！　多分恵梨香は気付いてないと思うよ」

「舞奈先輩にバレてるとか、はっず」

右手で紙コップを握ったまま、富歌は左手で自分の顔を覆《おお》った。指の隙間から、赤くなった彼女の頬が見えている。

「私も恵梨香に会えたらすっごく嬉しいって気持ちになるから。富歌ちゃんもきっと同じ気持ちなんじゃないかなって思ったんだ」

「いや、そういうピュアピュアな表現止《や》めてください。私はアレです、ミーハーなだけです。舞奈先輩とは全然違います」

「でも、ミーハーなだけじゃカヌー部に入ったりしない気がする」

「いやいや、ミーハーだからこそですよ。入部してずっと部室に引きこもってたような人間ですよ、私は」

「希衣先輩が言ってたよ、『アレは試し行動だから』って。『無理やり練習に引っ張り出されるか試してるうちに踏ん切りつかなくなったみたいだから、一週間経っても強情なままだったら黒部《くろべ》さんよろしく』って」

「ぎゃー！」

言われたことをそのまま伝えただけなのに、富歌は悲鳴を上げながらジタバタと足を動かした。「勘弁してくれぇ」と言われても、富歌が一体何に苦しんでいるのかが分からない。

「私、ダメなこと言っちゃったかな」

「ダメというか、殺傷能力が高すぎますね？」

「何か傷付けるようなこと言っちゃったかなぁ、ごめんね。富歌ちゃんと仲良くなりたいだけなんだけど」

「そういうとこですよ！　口から砂糖を吐きそうです」

「富歌ちゃん、砂糖出せるの？」

「比喩《ひゆ》ですよ、比喩。本気にしないでください」

　これだから天然は怖いんだ、と富歌はぶつぶつと独《ひと》り言《ご》ちている。舞奈には自覚が無いのだが、いつの間にか目の前の後輩を怖がらせてしまったらしい。

「うーむ、優しい先輩になるのは難しいなぁ」

「舞奈先輩は既に優しいですから、そのままで全く問題ないです。むしろこちら側の問題なので」

「そうなの？　なら良かった」

　ほっとして自然と口元が綻《ほころ》んだ。へにゃりと笑った舞奈に、富歌は眉間《みけん》に寄せた皺を更に深くした。

「そこで素直に受け入れるのが舞奈先輩ですよねぇ。そうやって湧別先輩とも仲良くなったんですか？」

「どうだろう。恵梨香とは自然と仲良くなってたからなぁ」

「動画、見たんですよ」

「動画？」

首を傾《かし》げた舞奈に、富歌は一度息を吐いた。半端《はんぱ》になっていたヘアゴムを抜き取り、彼女は水を払う犬のようにぶるぶると頭を振った。水を吸って重くなった髪は、普段の癖を失っている。

曇り掛けの眼鏡を長椅子の隣に置き、富歌は紙コップを両手で包み込むようにして持った。柔らかい素材で出来た紙コップが、自然とひしゃげる。

「私、入学式の日に、ウチの高校に有名人がいるかを調べたんです。それで、湧別恵梨香って名前が出てきて。調べている内にYouTubeの動画がヒットしたんです。なんか、日本代表に選ばれた的な動画で。他校の先輩と一緒にインタビューされてて」

「あぁ、大森先輩達の動画だね。私も見たよ」

「そこで知ったんです。湧別先輩も不登校だったって」

「先輩も？」

「私も、中学は途中から不登校だったので」

何でもないようにそう言って、富歌は紙コップの中身を一気に飲み干した。空になった紙コップをくしゃくしゃに丸め、ゴミ箱に向かって投げる。大した距離は無いのに、紙コップは見当違いの方向に放物線を描いて落ちた。

自嘲《じちょう》するような笑みを浮かべ、富歌は立ち上がる。紙コップを拾い上げ、彼女はきちんとゴミ箱の中へ捨てた。

「見ての通り、昔から運動神経が悪いんです。さっきの落水だってそうです。体育は大の苦手で、昔から運動会も大嫌いです。足手まといだと思われるから」

そういえば、最初に富歌の存在を知った時も自転車に足を引っ掛けて転んでいた。アレは運動神経の悪さから来ていたのか、と舞奈は密《ひそ》かに納得した。尾行の失敗にしては派手すぎると思っていた。

「中学の時はなんとなく吹奏楽部に入ったんですけど、その部活が体育会系のノリで。ステージの演奏だと身体を動かしながら吹くとかもあるんですけど、それが全然出来なくて、部活で浮いちゃって。部活に行きたくないって思うようになって、そのまま中学にも行かなくなっちゃったんです」

「そうなんだね」

なんと言っていいか分からず、舞奈は曖昧《あいまい》に相槌《あいづち》を打った。分かるよ、なんて台詞は絶対に言えないと思った。だって、そんな風な経験をしたことがない。舞奈の周りにはいつだって友達がいたし、馴染めないと悩んだこともない。

「部活の評価をＳＮＳに投稿するようになったのは、自分なりのちょっとした復讐《ふくしゅう》だったんです。部活っていう存在への復讐というか。カヌー部に入ったのは、湧別先輩と親しくなったら中学時代の奴《やつ》らを見返せるんじゃないかっていう打算です。写真をアップして自慢してやろうと思って」

　そう言って、富歌は舞奈の前に両腕を広げて立った。抱き着いてくれという意味かと思い、舞奈は素直にその背中に腕を回した。ぎゅうっと冷えた身体を抱き締めると、「いやいやいや」と何故か富歌が焦ったように身動《みじろ》ぎした。

「何するんですか！」

「え？」

　パッと背中に回した腕を離すと、富歌は赤面したままその場で地団太を踏んだ。彼女の考えはよく分からない。

「ハグしてって意味かと思って」

「んなワケないでしょ！　こっちはカッコつけてやってんですよ」

「そうなの？」

「長々と恥ずかしい話をしたんですから、最後ぐらいカッコつけさせて欲しいじゃないですか。こう、悪役的なポーズといいますか」

「恥ずかしい話とはちっとも思わなかったけどな。富歌ちゃんにとって、大事なことでしょう？」

「ぐえぇ」

情けない声を上げ、富歌は天を仰いだ。彼女の反応は本当によく分からない。

「舞奈先輩、出力下げてもらっていいですか？」

「出力？」

「そのー、眩《まぶ》しすぎるといいますか、私には刺さり過ぎちゃうんですよね」

「何が？」

「後光が」

咄嗟《とっさ》に自分の背中を見ようと首を捻《ひね》ったが、勿論《もちろん》発光したりはしていなかった。「変なこと言うなぁ」と笑った舞奈に、富歌は脱力したように肩を落とした。

ずり落ちそうになっていたバスタオルを身体に巻き付け、彼女はすとんと舞奈の隣へ腰を下ろす。

「まぁ、そういうわけで、私は地獄のような運動神経の持ち主なんですよ。だからカヌーやったとしてもどう考えても先輩達の足を引っ張りますし、今の状況がカヌー部にとってベストなんだと思います」

「でも、富歌ちゃんはカヌーに乗りたいって気持ちはあるんだよね」

「まぁ、あるにはありますけど」

「じゃあ明日からは特訓だよ。他の先輩達にも言っておくから、少しずつカヌーに慣れて行こう」

「それだとご迷惑じゃありません？」

長椅子に置いていた眼鏡を掛け、透明なレンズ越しにこちらを見る。舞奈は大きく首を横に振った。

「やりたいって気持ちが迷惑になることなんてないよ。それに、私も富歌ちゃんと同じだったから。最初はカヌーなんてちっとも出来なかったんだけど、千帆先輩が教えてくれてちょっとずつ乗れるようになったんだ。だから、遠慮しなくて大丈夫」

ぐっと拳《こぶし》を突き出した舞奈に、富歌は噴き出すように笑った。その顔を見られただけで満足だった。

それから、富歌が部活に馴染《なじ》むのはあっと言う間だった。彼女の指導は千帆と舞奈が交代で受け持ち、ずっとプールでの乗艇練習を行っている。舞奈の時に比べると上達はゆっくりだが、それでも少しずつ成長している。

「では、新入部員の加入を祝しまして、乾杯」

「乾杯！」

芦田《あしだ》の祝杯の音頭《おんど》に合わせ、部員達がグラスを突き出す。波久礼駅から車でしばらく走ったところにある喫茶『せせらぎ』は、今ではながとろ高校カヌー部の第二のホームだ。打ち上げ会場は専《もっぱ》らここになることが多い。

テーブルに並んだ料理は、店のオーナーでカヌー部のコーチでもある芦田が腕によりをかけて作ったものだ。クルクルと巻かれたサバのロールサンドを頬張りながら、舞奈はソファーの上で脚を伸ばす。

店内には希衣、千帆、恵梨香、富歌、顧問の檜原《ひのはら》、さらに千帆の叔母である久美《ひさみ》、その娘の海美《うみ》の姿もある。春から小学校に通い出した海美は、カウンターの隅の席で芦田お手製のお子様ランチを黙々と食べている。

檜原と久美は大人同士で話に花を咲かせている。耳を澄ませてよくよく聞くと、檜原が一方的に人生相談をしているらしい。結婚したいけど相手がいないと檜原が愚痴り、結婚が人生の全《すべ》てじゃないと久美が笑いながら返している。なんだか大人な会話だ。

「へぇ、土器さんはカヌーを全くやったことがないのか」

聞こえた声の方へ、舞奈の視線は自然と吸い寄せられた。

カウンターに腕を乗せ、芦田は自分の作ったオードブルを指で摘まんでいる。枝豆とクリームチーズのブルスケッタは、フランスパンのサクサクとした食感が面白い。日向《ひゅうが》夏《なつ》と生ハムのマリネは甘じょっぱくて癖になるし、スモークサーモンとチーズのピンチヨスはスモーキーな味がする。

　カウンター席に座っている富歌は芦田の言葉に大袈裟《おおげさ》に肩を竦《すく》めてみせた。

「カヌーどころか運動はからっきしです」

「じゃあ、ある程度の流れは伝えておかないとな。ま、土器さんがレースに出るのは八月の新人大会だからかなり先の話になるが」

「しばらくは乗れなくても大丈夫だって舞奈先輩に言われたんですけど、八月の頃には私も乗れるようになってますかね」

「それは努力次第だが、ずっと乗れない奴はいないさ。努力しなけりゃ八月だろうが九月だろうが乗れないまんまだろうが」

「結局は努力が必要ということですか？　なんかそれって、ブラック部活な香り」

「なんでもかんでもブラック認定してたら人生の選択肢が狭まるぞ。理不尽な要求は拒否するべきだが、ステップアップするのに努力が必要な時もある。若いうちに理不尽だと思っていたことに年を取ってから助けられることもあるだろう。自分が審査員だと思って生きてると、与えられたものに難癖をつけて、ただただ他人を消費するだけの人生になりかねんと俺は思うがね」

　ブルスケッタを口に運び、芦田はゆっくりと喉《のど》を上下させた。富歌は皿に盛られたタマゴサンドに手を伸ばした。

「芦田先生って、正論マシンって感じですね」

「先生はやめてくれ。そんな柄じゃない」

「でも、カヌー部の指導者なんですよね？　だったらやっぱり先生って呼ぶのが正しいと思います」

「土器さんはこれまでカヌー部にいなかったタイプだな。俺からすると土器さんの方がよっぽど正論マシンだよ」

「そうですか？　思ったことを言ってるだけですけど」

「随分と話が逸《そ》れたな。カヌー部の今後の大会スケジュールの話に戻そう」

　カヌーの話になったことを聞きつけ、ソファー席に座っていた舞奈達もそれとなくカウンターへと移動する。先輩四人が真後ろにいることに露ほども気付かず、富歌は芦田の説明に真面目に聞き入っていた。

「スプリントはシングル、ペア、フォアの三部門があるが、インターハイに出場するためには五月十二日に行われる埼玉県大会でそれぞれ一位を取る必要がある」

　大会の正式名称は、『学校総合体育大会兼関東高等学校カヌー選手権大会県予選会兼全国高等学校総合体育大会カヌー競技県予選会』だ。早口言葉のような長さのため、基本的には埼玉県大会と呼ばれる。

　ちなみに、シングルの一位から六位とペア、フォアの一位から三位は六月に行われる関東高等学校カヌー大会（正式名称は関東高等学校カヌー大会兼関東高等学校カヌー選手権大会）への出場資格を得る。関東大会は独立した存在なので、上位に入ったからといって次の大会に進出することはない。

「ながとろ高校はＷＫ－１、ＷＫ－２、ＷＫ－４の全てに出場する。目標は各選手の実力に合わせて設定してある」

「私と湧別さんのペアはインハイ出場、千帆と黒部さんのペアは関東大会出場、四人のフォアも関東大会出場が現段階の目標だよ」

「うわっ、先輩方いたんですか」

咄嗟に後ろを振り返り、富歌は驚きで身を仰《の》け反らせた。その手から落ちそうになったタマゴサンドを舞奈は慌ててキャッチする。「セーフだね」と千帆が褒めてくれた。

希衣は富歌の隣の椅子に座ると、ポニーテールの先端をくるくると指に巻き付けた。

「土器さんにはこれから先、記録係をお願いすることもあるかも。四人でシングルのタイムを計った時に、記録をつけてくれると助かる。なんせ、埼玉県大会まで時間がないからね。少しでも人手があると嬉しい」

「私はマネージャーじゃないんですけど？」

「土器さんがいない時は交代でやってたことだよ。土器さんもそこに加わるってだけ」

「カヌーのタイムとかよく分かんないですって」

「大丈夫。スプリントは分かりやすいのが売りだから」

そう言って、希衣は軽く富歌の背を叩いた。「仕方ないですねぇ」と渋々頷《うなず》く富歌を、千帆が微笑《ほほえ》ましそうに眺めている。

埼玉県大会まで残り僅《わず》かだ。去年は蚊帳《かや》の外だった舞奈も、今回は立派な出場選手だ。現在、ながとろ高校カヌー部のフォアの標準タイムは一分四十八秒。落水することなくきちんとゴールできれば、関東大会出場はまず間違いない。今の舞奈は、新人大会の時とは違う。背伸びせずに自分の力を出せば、きっと全て上手くいく。

「舞奈？」

隣に立っていた恵梨香が、舞奈の顔を覗き込む。どうやらぼーっとしていたらしい。心配を掛けただろうかと、舞奈は両目に力を込めた。

「どうしたの？」

「いや、ずっと黙ってたから。あっちで筑前煮《ちくぜんに》食べない？　人が集まって疲れた」

「あは、芦田さんの筑前煮って無性に恋しくなっちゃうときあるよね。食べよう食べよう」

恵梨香の手を引き、舞奈はソファー席に向かって歩き出す。自分の親友である湧別恵梨香は、今や日本を代表するカヌー選手なのだ。そんな彼女に悔しい思いをさせるわけにはいかない。

気合を入れ直すように、繋《つな》いだ手にぎゅっと力を込める。すると、恵梨香も握り返してくれる。自分の手よりもずっと長い恵梨香の指の感触が、舞奈は密かに好きだった。

＊＊＊

四月二十一日（日）
　鶴見希衣　2:07.2
　天神千帆　2:10.6
　黒部舞奈　2:28.5

四月二十八日（日）
　鶴見希衣　2:04.5
　天神千帆　2:09.1
　湧別恵梨香　1:55.7
　黒部舞奈　2:26.3

五月五日（日）
鶴見希衣　2:07.0
天神千帆　2:10.8
湧別恵梨香　1:57.2
黒部舞奈　2:27.9

***

高校二年生の四月は、あっという間に過ぎ去っていった。一年生の頃に比べて高校生活に慣れているのも大きな理由なのかもしれない。芦田に渡された練習メニューをこなし、筋トレメニューやタイムなどの記録を詳細に残す。日々、同じことを繰り返しているように感じるのに、数字は着実に伸びている。縮まっていくタイムを見るのが、舞奈の練習へのモチベーションだった。

「でも、おかしいですよね」

手元のノートを眺めながら、富歌が顔をしかめた。河川敷に立つ彼女は、スポーツキャップにサングラスと完璧《かんぺき》な日焼け対策をしていた。その辺りは檜原の助言らしい。

土曜日。練習を終え、既に他の部員達は艇庫へとカヌーをしまいに移動していた。埼玉県大会はいよいよ明日に迫っている。長々と練習していては疲労が身体に残ってしまうため、今日の部活動時間は短かった。

「何がおかしいの？」

舞奈が尋ねると、富歌はストップウォッチをカチカチと弄る手を止め、こちらへノートを見せて来た。ノートに書かれているのは、毎週日曜日に行っていた五〇〇メートル漕《そう》の記録だ。

「やっぱり芦田さんって凄い人だよねぇ。みんな去年よりも速くなってるもん！　希衣先輩なんて、伸びがとんでもないよ」

「いや、注目すべきはそこではなくて鶴見先輩と天神先輩のタイムですよ。どのタイムでも、二人は大体三秒から五秒の差がついてますよね？」

「ついてるねぇ。希衣先輩の方が速い」

希衣が千帆のタイムを超えたのはいつ頃だっただろう。舞奈が気付いた時には既に希衣の方が速いというのが部内で当たり前の認識になっており、千帆もそれを自然に受け入れていた。

胸元のポケットにさしていたペンを取り出し、富歌が先端でノートを叩く。

「この記録は一人ずつ計った記録じゃないですか。でも、四人で同時にレースすると結果が変わって来ちゃうんです」

「あー……」

その指摘は、去年からずっと芦田や恵梨香が問題視していることと同じだ。

公式の会場でない限り、同時に発艇した選手たちの正確なタイムを計測するのは難しい。ながとろ高校はタイム測定を手動のストップウォッチで行っているため、川でタイムを計る時は一人ずつ計測することにしている。

だが、大会本番は大勢の選手が一斉に出艇する。隣のレーンから押し寄せる波や他の艇の飛沫《しぶき》への対応、ペース配分の駆け引き。それらを学ぶために、正確なタイム測定を行わない時は四人で横並びになってレースをすることもある。富歌が言っているのはその時のことだ。

「希衣先輩が千帆先輩に勝てないって話でしょ？」

「どう考えても変ですよね。鶴見先輩は天神先輩と一緒に漕《こ》ぐと急に遅くなるんです。タイム差のある選手がこうも負け続けるのは流石《さすが》におかしいですよ」

「芦田さんはイップスみたいなもんだって言ってたよ」

「イップス？」

「精神的な原因で上手くプレイできない症状のことなんだって。希衣先輩は千帆先輩にどうしても勝てないみたい」

「へぇ」

富歌の指先がノートを捲《めく》る。ツンと上向きに尖った唇が、不愉快そうに小さく震えた。

「せっかく努力してるのに、馬鹿《ばか》みたいですね」

「うーん、自分でもどうにもできない問題だからそういう言い方はひどいと思うけど」

「でも、馬鹿ですよ。勿体《もったい》ない」

地面を抉《えぐ》るように、富歌はスニーカーの底で土を削った。厚みのある靴底に、粘り気のある泥が付着する。「勿体ない」ともう一度繰り返した後輩に、舞奈は掛ける言葉が見つからなかった。

希衣の不調をもどかしく思っているのは、舞奈も同じだったからだ。

「宣誓！」

ジャージ姿の男女が、マイクの前に並んでいる。一年前はどこか他人《ひと》事《ごと》だった光景だが、今では舞奈も当事者だ。顔を動かさず、目だけで周囲を観察する。

パネルに貼り付けられた紙には『学校総合体育大会兼関東高等学校カヌー選手権大会県予選会兼全国高等学校総合体育大会カヌー競技県予選会』と仰々しい文字が並んでいた。

本日、五月十二日、日曜日。天気は快晴、風は穏やか。絶好のカヌー日和《びより》であるこの日、埼玉県の行幸湖《みゆきこ》カヌー競技場にて埼玉県大会が実施されていた。

新人大会に引き続き、埼玉県大会に出場している学校はながとろ高校・越井戸《こしいど》高校・雨城《うしろ》高校・大里《おおさと》第二高校の四校だ。どの高校も新入部員が加わり、新人大会の時よりも人数が増えている。

「僕たち、私たちは、スポーツマンシップに則《のっと》り、最後のパドルの一漕ぎまで全力を尽くすことを誓います」

そう告げる男女の片方は恵梨香、もう片方は大里第二高校の三年生だった。それぞれ去年の埼玉県大会のWK‐1とK‐1の優勝者だ。「文章を暗記するのはいいけど人前で言うのは嫌だ」と昨日、恵梨香が愚痴っていたのを思い出す。恐らく来年も、この役目を果たすのは恵梨香なのだろう。

開会式が終わり、部員達はすぐさま学校ごとに分かれて集まった。コーチとして来てくれた芦田は、今日も今日とて攻めた格好をしている。

真っ白な髪はオールバックにセットされ、さらに大きなサングラスを掛けている。鯉《こい》の絵が描かれたTシャツは若干の威圧感があり、他校の一年生の父親・母親にはやや遠巻きにされている。ただ、二年生・三年生部員の親たちとは既に良好な関係を築いているらしく、気安く会話している姿も見受けられた。慣れというものは恐ろしい。

「土器さんはまゆみちゃんのカヌー教室に加わるから、今日は別行動だね」

希衣の言葉に、「まゆみちゃん？」と富歌が小首を傾《かし》げた。

「埼玉のカヌー部員なら大体お世話になってる人だよ。埼玉県にはスポーツの推進活動を行ってる協会があるんだけど、まゆみちゃんはそこの協会員なの。埼玉県大会の時は一年生部員だけを集めて大会のルールとかをレクチャーしてくれる」

「舞奈ちゃんも気を付けてね。応援では並走禁止だし、点呼の時にスタンバイ位置にいないと失格になるよ」

「はい！　気を付けます」

先輩二人に言われ、舞奈はコクコクと頷いた。ルールに関しては頭に入れているつもりだが、それでも忘れていることがありそうでちょっとドキドキしてしまう。

「四人共、調子はどうだ」

「お腹《なか》壊したりしてない？　大丈夫？」

こちらへやって来た芦田と檜原に、「問題ないです」と希衣が応じている。万全の日焼け対策をしている檜原は、日傘にジャージというちぐはぐな出《い》で立ちだった。まぁ、普段通りだと言われればその通りなのだが。

部員の顔を見回し、芦田がプログラムを手の甲で叩く。

「今回の大会は開会式から閉会式までを一日で進めるから、とにかく時間がない。関東大会、インハイと違ってレース数そのものが少ないから、力を出し惜しみする必要がないのはデカいな」

埼玉県大会の場合、人数の問題もあって準決勝レースがない。ＷＫ－２、ＷＫ－４はいきなり決勝レースだし、ＷＫ－１も予選レースの後はそのまま決勝だ。

ＷＫ－２は八組、ＷＫ－４は五組が参加する。関東大会への出場資格を得ることができるのはＷＫ－２、ＷＫ－４のそれぞれ上位三組だ。

「今回のＷＫ－１の参加人数は十八名。予選レースを勝ち抜いて決勝レースに進めるのは九名だ」

「ながとろ高校が出る最初のレースは、九時五分から始まる第二レース、ＷＫ－１の予選一組目ね。鶴見さんと黒部さんが出場する。ＷＫ－１の予選二組目には天神さんと湧別さんが出場ね。どの部門も決勝レースは昼休憩を挟んだ午後から。お腹を壊さないように気を付けてね」

コンビネーションバッチリに、芦田と檜原が代わる代わる話している。ＷＫ－１の予選では希衣と千帆が違うレースになったが、決勝ではそうはいかない。二人共有力選手だから、必ず決勝でぶつかるだろう。

その時、希衣は千帆に勝てるだろうか。

舞奈はちらりと横に立つ希衣の顔を見上げる。唇を固く引き結ぶ希衣の黒髪は、今日もきつく束ねられている。

「それと、艇の運搬にはくれぐれも気を付けること。共同で使用する艇だ、普段みたいに一人で運ばず、絶対に二人以上で運ぶこと。一つ艇が壊れると、全選手に影響が出る。丁寧に扱うように」

「はい！」

「それじゃあ、先生たちは基本的に大会本部のテントにいるからね。トラブルがあったらすぐに呼びに来るように。熱中症にはくれぐれも気を付けて」

去っていく芦田達を見送った後、部員五人は小さく集まった。開会式が終わったばかりだから、まだ全員がジャージ姿だ。これから四人は揃いのユニフォームに着替え、レースの支度を始めなければならない。

「とりあえず、陸から応援の気持ちだけ飛ばしておきます。無言で」

「いや、ちゃんと声出してよ」

グッと親指を突き立てた富歌に、希衣が呆れ顔でツッコんでいる。「レース中って応援の声は聞こえにくいからなぁ」と千帆が眉《まゆ》を八の字にして言った。

「ま、冗談はともかく、いつものやつやりますか」

希衣に肩を組まれ、舞奈は慌てて背筋を正した。五人はその場で円陣を作る。「部長、お願いします」と恵梨香が希衣の顔を見遣《みや》った。すっと希衣が息を吸いこむ。

「これまでの努力は今日のため。絶対に、後悔の無いレースにするよ。勝つぞ、ながとろ！」

「オーッ！」

会場に、四人分の声が響き渡る。ついに本番だ。込み上げる実感に、舞奈は自分の気持ちが静かに昂《たかぶ》っているのを感じた。

揃いのユニフォームに着替え、検艇済みの艇に乗り込み、自分のスタンバイ位置に着く。時間的な余裕はあったはずなのに、体感にすると十分程度にしか感じない。早く、早く！　全身に力が漲《みなぎ》って、ワクワクが止まらない。

第一レースのＣ４、男子カナディアンのメンバーが出艇するのを見送り、舞奈達は発艇線へと艇を移動させる。途中、近くを漕いでいた希衣に「今日の黒部さん、メンタル強いね」と感心したように言われた。

だが、別に舞奈はメンタルが強いわけではない。ただ、自分に過度な期待をしないようにしているだけだ。初心者であるという自覚があるから、結果を出す前に楽しむ方を優先しようと思える。希衣や恵梨香が感じているようなプレッシャーが、舞奈にはない。

「発艇、一分前。発艇、一分前。各艇は発艇線に艇をつけてください」

指示に従い、九艇がそれぞれのレーンの発艇線へと艇を動かす。割り振られたのは希衣が第三レーン、舞奈が第九レーンだ。発艇する前のこの調整が一番難しいんだよなぁ、と舞奈はパドルを小刻みに動かしながら顔をしかめた。

　カヌーは、自転車とちょっと似ている。前へと進み続けている時は勢いで誤魔化せる部分もあるのだが、同じ場所で留まり続けるには相当なバランス感覚が必要だ。新人大会の時はかなり危なかったけれど、あれから半年以上が経《た》った。今の舞奈は、落水することなんて滅多にない。

「第五レーン、もう少し前へ。第六レーン、ストップ。第七レーン――……」

　細やかな指示のおかげで、九つの艇が横一列にずらりと並ぶ。舞奈はパドルを握り締めた。穏やかな水面に、艇が立てるさざ波がゆったりと広がっていく。カヌー艇の赤の影が、楽し気に水の上で揺れていた。

　息を吸い、舞奈は真《ま》っ直《す》ぐに前を見据える。爽《さわ》やかな五月の風が、頬に掛かる髪を撫《な》でた。

「Ready set go!」

　その瞬間、皆のパドルが一斉に動いた。

　横並びの集団から真っ先に抜けたのは希衣だった。彼女の水色の艇はぐんぐんと速度を上げ、あっという間に背中しか見えなくなる。その後を、他校の選手たちが追う。

　だが、舞奈はそれに続くような向こう見ずではない。そもそも、そんな実力もない。

パドルのブレードを水面に突き刺す。強い抵抗を感じたら力を込め、きちんと艇が進むように踏み込む。今度は少しでも抵抗が無いように少し捻《ひね》ってからパドルを水面から抜き取り、今度は左側を大きく掻く。

右、左、右、左。

守るべき手順、維持すべきフォーム。それらを強く意識し、同じ作業を繰り返す。水泳部だった中学生の頃、舞奈はそうした『正しいもの』が苦手だった。型に嵌《は》まったような息苦しさは、舞奈には向いていなかった。楽しければいいと本気で思っていたし、結果を気にしたりもしなかった。

だけど、カヌー部での舞奈はちょっと違う。芦田の指導は『正しいもの』の連続だったけれど、それをちゃんと守ると面白いくらいに艇が進んだ。グンと一気に加速することの感覚は、自転車で下り坂を駆け下りる時みたいに気持ちがいい。

速いって、楽しい！

初心者だった舞奈の成長速度は著しく、だからこそ飽きずにずっと努力を続けられた。昨日よりも今日、今日よりも明日、明日よりもずっと先。確実に速くなっていく自分を、舞奈はどんどん好きになる。

等間隔に並ぶブイを横目に、舞奈は大きく息を吸いこむ。三〇〇メートルを過ぎ、残りは二〇〇メートルだ。先頭集団はどんどんと先を進んでいるが、そんなことを気にしていても仕方がない。

腕を動かす。力強い飛沫の音が、全てを掻き消していく。

残り一〇〇メートル。

疲労でくたくたになった腕と足を、何とか奮い立たせる。レースの後半はいつもそうだ。苦しい、楽しい。辛《つら》い、楽しい。早く休みたい、でも、やっぱり楽しい！

舞奈は両目に力を込め、大きく見開く。水面に乱反射する太陽光が、チカチカと世界を彩っている。ざぶんと大きく揺れる水面に、舞奈は最後の一パドルを水面へ差し込む。最後のパドルの一漕ぎまで全力を尽くすと、選手宣誓でも言っていた。それが多分、レースを楽しむ一番のコツなのだ。

尖った艇の先端がゴール線を滑るように越えていく。四位だ、と頭の片隅ではしゃぐような声がした。

舞奈がＷＫ－１の決勝レースに進出するのは、これが初めてのことだった。

第六章

グッバイ、
私の最大の敵

side　希衣

女子カヌースプリント・カヤックシングル（500m）予選二組

第一位　ながとろ高等学校　湧別恵梨香　1分56秒981
第二位　越井戸高等学校　宍戸亜美　2分04秒002
第三位　ながとろ高等学校　天神千帆　2分09秒631
第四位　越井戸高等学校　杉原京子　2分09秒917
第五位　越井戸高等学校　佐藤花　2分17秒406
第六位　越井戸高等学校　岩倉美月　2分29秒512
第七位　雨城高等学校　石田まな　2分31秒024
第八位　雨城高等学校　田中翔子　2分38秒741
第九位　越井戸高等学校　飯田姫香　2分42秒558

「相変わらず派手だねぇ、ながとろ」

希衣《きえ》が被《かぶ》っている蛍光ピンクのキャップを指さし、宍戸《ししど》亜美《あみ》はカラカラと愉快そうに笑った。越井戸《こしいど》高校カヌー部の部長である彼女は、小学生の頃からカヌーをやっている。希衣や千帆《ちほ》とは腐れ縁だ。

「目立っていいでしょ？」

「分かりやすいから応援はしやすそう。ウチの後輩がさ、さっきのレースで自分の先輩と間違えてずっと千帆を撮ってたの。いや、あんな派手なピンクの帽子被ってないでしょって突っ込まれてた」

撮影とは、レース記録のことだ。多くの学校は今後の参考の為《ため》、自校の選手のレースシーンを録画している。普段の練習では分からない本番の癖やフォームなどを確認するのだ。

「それにしてもさ、アンタ速くなったねぇ」

大会本部前に用意されたパネルには、レースが終わる度にレースタイムが張り出されている。その紙を一瞥《いちべつ》し、亜美はしみじみと呟《つぶや》いた。茶化されているような雰囲気でもなかったので、「そりゃどうも」と希衣は肩を竦《すく》めて応じる。

「湧別《ゆうべつ》恵梨香《えりか》が化け物過ぎて霞《かす》むけど、アンタだって相当ヤバいよね。去年は2分18秒とかだったよね？」

　先ほどの予選レースで、希衣は2分6秒だった。去年と比べて10秒以上記録が伸びたことになる。

「千帆も伸びてるし、ながとろの指導者は優秀だって皆羨《うらや》ましがってる」

「芦田《あしだ》さんは確かに凄《すご》いけど、やっぱ湧別さんの影響が相当あるとは思うよ。上手《うま》い子が近くにいると、明らかに良い影響が出る」

「そりゃ、手本が湧別恵梨香だとそうなるか。はぁー、こっちも結構やってんだけど、シングルは正直モチベ上がんない。湧別恵梨香に勝てるビジョンが無さ過ぎる」

「ペアとフォアなら勝ち目が見えてるって？」

　挑発めいた希衣の台詞《せりふ》に、亜美は両腕を組んだ。肩幅に足を開いたまま、重心を左足に寄せている。

「まぁ、ペアもぶっちゃけ厳しいのは分かってる」

「珍しく殊勝じゃん、死ぬほど負けず嫌いだったアンタが」

「部長になると視野も広くなるからね。部内の選手の力量だって把握してるし、ある程度の結果は予想できるよ。ま、カヌーの場合は何が起こるか最後までやってみなきゃ分かんないって部分もあるけどね。なんせほら、沈《ちん》したらその時点で失格だから」

「湧別さんが落ちたら私がインハイに行くことになるってワケね。可能性はゼロじゃない」

「ちょっと、何で勝手に自分が二位だって決めつけてんのよ。私がアンタに負けるって？」

「負けるでしょ」

「絶対負けない！」

キャップの鍔《つば》を指で持ち上げ、亜美はニッと口角を上げる。言葉とは裏腹に、その声は清々《すがすが》しかった。

額に張り付いた前髪を指先で掻《か》き分け、亜美は希衣の顔を見つめる。撥水《はっすい》性の高いシャツから覗《のぞ》く彼女の鎖骨は、日に焼けて黒くなっていた。

「アンタ的に、千帆はもう敵じゃない感じ？」

「急になによ」

「だってそうじゃん。タイムで考えたら実力差は明らかだし。まぁ、利根蘭子《とねらんこ》とか湧別恵梨香からしたら、私もアンタも千帆もライバルですらないんだろうけどさ。あー、なんか自分で言っててへこんできた」

「勝手にへこんでなさいよ。大体、私にとって千帆は今でも強敵だっての」

「もしかして元相棒に気を遣ってる？」

「そういうんじゃなくて本気で言ってる。第二レース、千帆とは隣だし」

「そういや次は希衣が第四レーンで、千帆が第三レーンだったね。私は第六レーンで良かったぁ、ながとろのいざこざに巻き込まれずに済む」

「いざこざじゃなくて、切磋《せっさ》琢磨《たくま》ね」

「ハイハイ。とりあえずウチの本命はＷＫ‐４だから。ここのインハイ枠だけはながとろに譲んないつもり」

「それもうちがもらってくよ」

「言ってろ」

　戯《たわむ》れのように肩を叩《たた》かれ、希衣は「フフ」と笑いをこぼした。先ほどから、少し離れた場所で「部長ぉ」と亜美を呼ぶ越井戸高校の部員の声が聞こえている。そろそろ潮時だろうと希衣はシッシッと追い払うように手を動かした。

「じゃ、決勝で」

「はいはい。また後で」

　自分の仲間の元へ駆けていく亜美の後ろ姿から目を逸《そ》らし、希衣はもう一度先ほどの予選レースの結果を見た。

　二年前、亜美は埼玉県代表としてインターハイに出場した。今の亜美のタイムは、二年前の亜美のものよりもずっと速い。それでも、彼女の順位は過去の順位より落ちてしまう。

　レースとはそういうものだ。過去の自分ではなく、現在の他者と競い合う。

無意識の内に握り込んでいた右手を開き、希衣はじっとその手の平を見つめる。先ほどまで食い込んでいた爪《つめ》の先が、柔らかな皮膚に半端《はんぱ》な三日月を残していた。

浮桟橋《うきさんばし》から艇に乗り込み、通行路として設定されたレーン脇《わき》を一人で漕《こ》ぐ。監視用のモーター船の振動音。設置されたスピーカーから聞こえるアナウンス。川のせせらぎ。パドルが生み出す飛沫《しぶき》。聴覚がその一つ一つを丁寧に拾い上げ、希衣の脳を刺激する。艇の前を泳いでいた鴨《かも》が、痺《しび》れを切らしたように水面から飛び立った。ぽっかりと浮かんだ太陽が、鳥の形をした影に一瞬だけ遮られる。太陽の光が網膜を焼き、希衣は咄《とっ》嗟《さ》に顔をしかめる。眩《まぶ》しいと思った。鳥なんて見なければ、太陽を直視せずに済んだのに。

揃《そろ》いのキャップの鍔を引き下げ、希衣は再び水面へと視線を戻す。スタート地点付近のスタンバイエリアでは、WK－1の決勝レースに出場する選手たちが既に待機している。その中には当然、千帆の姿も混じっていた。

「鶴見《つるみ》さんは、自分で自分に呪《のろ》いを掛けているね」

不意に、以前芦田から告げられた台詞を思い出し、希衣はパドルを動かす手を止めそうになった。レース前に余計なことを考えるのは止《や》めたいのに、刺激に反応した脳味噌《のうみそ》が勝手に記憶を再生する。

「天神《てんじん》さんに勝つのが怖いかい？」

何度も聞かれた台詞だ。その度に、希衣は「怖くない」と答えて来た。本当だ。千帆は自分にとって元相棒で、仲間で、ライバルだ。真っ向から戦うのが正しい姿勢だし、手を抜いたりするのは間違っている。希衣は絶対にわざと負けたりしないし、どんな時でも常に全力を尽くしている。

それなのに、希衣は未《いま》だにレースで千帆に勝ったことがない。

目を閉じて、深く深呼吸する。水と土が混じった匂《にお》いが、鼻腔《びこう》から体内に侵入してくる。「リラックスしてね」と檜原《ひのはら》には言われた。「よく分かんないけど頑張ってください」と言ってきたのは富歌《とみか》だ。カヌー部唯一《ゆいいつ》の一年生は、先輩四人に同じ台詞を掛けていた。千帆はいつものように笑い、「ありがとう」と律義《りちぎ》に礼を言った。彼女はいつだって慎《つつ》ましくて、優しい。

物心ついた頃から、千帆は希衣の一番の友達だった。クラスが離れても、一緒にいる友達のグループが違っても、それでも二人はカヌーという絆《きずな》で結ばれていた。思い出なんていくらでもある。カヌーと無関係なものも、いくらでも。

小学三年生の春には、お小遣いを貰《もら》って宝登山《ほどさん》のロープウェイに乗った。山頂には小動物公園があり、谷の下にいるニホンザルをおっかなびっくり見た。あの時期はつつじが開花していて、びっしりと密集する濃いピンクが綺麗《きれい》だった。

　小学六年生の夏には、お揃いの浴衣《ゆかた》を着て船玉まつりに行った。長瀞《ながとろ》の船玉まつりは有名で、毎年七万人ほどの人がやって来る。提灯《ちょうちん》で飾られた船が水上を行き交い、その水面には灯籠《とうろう》が浮かぶ。対岸から打ち上げられる花火を眺め、希衣たちはかき氷を一口ずつ交換した。ブルーハワイのせいで先端だけが真っ青になった千帆の舌の形を、何故《なぜ》だか妙によく覚えている。

　中学一年生の秋には、宝登山の雲海を見に行った。

　十一月の土曜・日曜・祝日は朝六時からロープウェイが二十分間隔で運行しており、せっかくだから観《み》に行こうという話になった。気象条件が揃うタイミングというのはそこそこ珍しく、一回目は全く見ることが出来なかった。二回目の登頂で、眼下に広がる真っ白な雲の海を見た時は感動した。もうもうと溢《あふ》れる白い雲の層が、紅葉を呑《の》み込んでいた。「綺麗だね」と呟《つぶや》いたあの時の千帆は、希衣について色々と思うところがあったのかもしれない。

　中学三年生の冬には、一緒に家で勉強した。

　模試では二人共A判定をとっていたけれど、それでも念には念を入れることにした。希衣は国語が苦手で、千帆は数学が嫌いだった。曖昧《あいまい》なものが苦手だと言った希衣に、「そこがいいんだよ」と千帆は笑いながら言った。千帆の母親が天神堂のどら焼きを差し入れしてくれて、二人で食べた。わらび餅《もち》の入った抹茶どら焼きだった。

高校生になって、二人でカヌー部を立ち上げた。二年生になり、恵梨香と舞奈《まいな》が入部してきた。二人だけだった世界は急激に広がり、互いに見えていたものが違ったことに気が付いた。

だから希衣は、千帆にヒーローの役割を押し付けることをやめた。勝手に期待して、身勝手な振る舞いをしていたのは希衣だった。千帆は千帆の生き方があるのだから、それを尊重すべきだったのだ。

それから、二人は良い関係を取り戻した。文部科学大臣杯では一時的にペアを復活したし、フォアを始めてからはペア以外の関係性も生まれた。希衣は千帆に発破を掛けるのではなく自分の記録を伸ばすことに専念するようになったし、その結果、明らかに能力は飛躍した。

今の希衣は、千帆よりも速い。数字が証明しているのだ、その事実は揺るがない。

「鶴見先輩」

掛けられた声が、思考に耽《ふけ》っていた希衣の意識を引き戻した。ハッとして顔を上げると、いつの間にか艇はスタンバイスペースに入っていた。恵梨香がじっとこちらを見ている。

「な、なに？」

「いや、ぼーっとしてたので。そろそろレース始まりますよ」

「あぁ、うん」

予選レースで一位だった恵梨香は、一番真ん中の第五レーンを割り当てられた。希衣はその右隣の第四レーン、さらに右の第三レーンに千帆がいる。第九レーンの舞奈とは距離がある。レースが始まったらすぐに視界に入らなくなるだろう。

「発艇、三分前。発艇、三分前。選手は発艇線二〇メートル後方で艇を揃えてください」

アナウンスが聞こえ、それぞれの艇が自分のレーンへと移動する。赤、青、水色、黄色。カラフルなスプリント艇が並ぶ様は、上空から見ると箱に収まった色鉛筆のようで美しいかもしれない。

艇の先端——艇首を目視で揃えるのは新人には難度が高い。ゆっくりと艇を前進させながら、希衣は第九レーンの舞奈がいる方向に顔を向けた。落ちていないだろうかと心配に思い、すぐにその思考を追い払う。舞奈はもう立派な選手だ、過保護に扱うのは失礼だろう。

ふぅ、と深く息を吐き出す音が希衣の右隣りから聞こえてくる。レース前、千帆は静かだ。身体《からだ》の表面に緊張感を纏《まと》い、ゴールに向かって意識を集中させている。

希衣は目を凝らす。快晴の空の下、等間隔に並んだブイの奥にぼんやりとゴールが見えている。

「鶴見先輩」

もう一度名を呼ばれ、希衣は驚いて左側へ顔を向けた。ＷＫ－１のレース直前に恵梨香が話しかけて来ることは珍しい。

「なに？　今はぼーっとしてないけど――」

希衣の言葉を遮り、恵梨香がピシャリと言い放つ。咄嗟に息を呑んだ希衣から、恵梨香は目を逸らさなかった。

「負けたらいつだって悔しいよって、前に先輩が言ったんじゃないですか。負けるのが当たり前だと思ってる状態はおかしいと思います」

「当たり前ってワケじゃないよ。本当に、いつも全力でやってる」

「嘘《うそ》ですよ。心の底から勝ちたいって思ってない。そういう態度、私は許せないです」

偽りのない本心に、ガツンと頭を殴られた。ピンク色のキャップを目深《まぶか》に被り直し、恵梨香はパドルの先端で水面を叩いた。水飛沫が上がり、そしてすぐに消える。

――悔しいです。先輩、私、やっぱり悔しい。

涙混じりの声が、不意に脳裏に蘇《よみがえ》る。それまで負けてもなんとも思わないと言っていた恵梨香が、関東大会のＷＫ－１決勝レース後に吐いた台詞だ。孤高の女王に実力でねじ伏せられ、恵梨香は悔しさに身を震わせていた。

「勝ってください」

そう、恵梨香は言った。同じレースに出艇する相手に掛けるには相応《ふさわ》しくない台詞だった。

いつの間にか目元に滲《にじ》んでいた汗を手で拭《ぬぐ》い、希衣はストレッチャーに掛けた足先を軽く丸めた。グー、パー、と繰り返していく内に、硬直していた身体がほぐれていく。

「それ、湧別さんにも勝てって言ってる？」

「勿論《もちろん》。まぁ、負ける気はしないですけど」

「私だって負ける気はないよ」

「じゃあ問題ないですね」

話は終わったとばかりに、恵梨香が前へ向き直る。希衣もまた、ゴールへと目を向けた。

レースの開始が近付き、艇を揃える為の指示がひっきりなしに飛び交っていた。レースに参加する選手たちは、誰もが同じラインに立っている。スタートの位置は平等で、誰にでも勝つ可能性が残されている。

「Ready」

響く声に、希衣はパドルを構える。足の裏に力を込め、大きく息を吸いこむ。

「set」

身体が動く。度重なる練習によって染《し》み付いたフォームが、いつの間にか再現される。

「go!」

その刹那《せつな》、パドルが水を薙《な》いだ。跳ね上げられた水の粒が周囲にまき散らされる。

ロケットスタートは千帆の得意技だ。短距離の方に適性がある彼女は、最初の加速がとにかく上手い。しかし、体力がないためにそのスピードを維持できない。

希衣は唇の端を舌で舐《な》める。最初に出遅れるのは想定内、問題はそこからどうやって自分のペースに持って行くかだ。

パドルを動かす。ストレッチャーを踏み込む。激しく動く上半身と下半身が、綺麗に連動しているのを感じる。一年前に比べて、希衣のフォームは明らかに美しくなった。それなのに何故、千帆には勝てないのか。その理由を、希衣は心のどこかで察している。

隣を進む千帆を見ると、そのペースに合わせようと身体が勝手に動いてしまう。ペアだった頃の無意識の習慣が、今もなお身体の内側を蝕《むしば》んでいるのかもしれない。あの頃、希衣は千帆みたいになりたかった。千帆のように、速く。

二〇〇メートル地点に差し掛かった時には、前を進んでいた千帆の艇に追いついていた。希衣の乗る水色の艇の先端が、滑らかに水面を切り開いていく。千帆の赤い艇と、希衣の水色の艇がピタリと横並びになる。

躊躇《ためら》いは、一瞬だった。

水面に深く差し込んでいたパドルを引き抜く。一段とピッチを上げ、推進力へと結びつける。明確な自分の意思で、希衣は千帆の艇を追い抜いた。

ピタリと横並びだった二つの艇のシルエットが徐々に形を変えていく。希衣の視界に、もう赤い艇は入らない。長細い艇首が、ぐんぐんと新しい道を切り開く。

三〇〇メートル地点で、前を進むのは二艇。第六レーンの亜美と、ずっと前にいる恵梨香だ。亜美は昔から荒れた環境に強かった。風が強い日、水量が多く波が荒れる日、気温が低い日。皆が調子を落とすタイミングでも、彼女のタイムはほとんど変わらない。驚異的なペース維持能力が、宍戸亜美の強さだ。

だが、今日のようなカヌー日和《びより》にはその特性は発揮されない。視界の端に亜美の姿を捉《とら》えながら、希衣はゆっくりと加速していく。それに合わせるように亜美も同じだけ速度を上げた。互いが互いを牽制《けんせい》しながら、付かず離れずで二艇は進む。

距離を教えるブイの色が赤く変わる。残り一〇〇メートルのサインだ。

四〇〇メートル地点を通過し、勝負を仕掛けたのは希衣だった。ぐっと踏み込む足に力を入れる。腕も脚も重い。それでも、速度は絶対に落とさない。

六位以内であれば関東大会には出場できる、そんなことは分かっている。一位以外はインターハイには進めない。二位でも三位でも、表彰の順位が変わるだけ。だが、そんなのはどうでもいい。

負けたくない。勝ちたい。一つでもいい順位になりたい！

０・００１秒を縮めるために、これまでの努力はあったのだ。もはや、亜美のことなどどうでも良かった。希衣の目に映るのは、前方にあるゴールだけ。

最後はがむしゃらだった。残された体力を絞り出し、希衣は必死に腕を動かす。水色の艇が飛沫を浴びながらゴールラインを越える。その瞬間、先にゴールしていた恵梨香が歓声を上げた。

「先輩、二位ですよ！」

その言葉に、希衣はようやくパドルを動かす手を止めた。ゴール直後のせいで心臓はバクバクしているし、耳はなんだかくぐもって聞こえるし、呼吸はずっと荒いままだ。右手の甲を頬に押し付けると、肌がやけに熱かった。

「希衣に負けたぁ！」

続いてゴールした亜美が、地団太を踏むようにゴトゴトと艇を揺らしている。激しく動いても艇が傾く気配が一切ないのは流石《さすが》といったところだろうか。

その後、後ろにいた選手たちが続々とゴールする。四位になった千帆は汗と飛沫でベタベタになった顔を手で拭うと、花が綻《ほころ》ぶように小さく笑った。

「ようやく負けたよ」

深い感慨の込められた声に、希衣も思わず頬を緩める。

「うん、勝った。私、千帆に勝ったよ」

自分では抑えているつもりだったのに、興奮で声が上擦った。千帆はパドルをこちらへ向けると、先端のブレードで希衣の腕を軽く小突いた。

「もう、吹っ切れるのが遅いんだから」

甘さを含んだ千帆の呟きは、興奮で身を乗り出した恵梨香の声で掻き消された。

「舞奈凄い！　八位だ」

反射的に、希衣と千帆の視線が第九レーンに引き寄せられる。パドルを動かす腕はヘロヘロになっていたものの、極端にスピードを落とすことなく舞奈はゴールラインを越えた。

「どひぇえっ」という情けない悲鳴には疲労の色が濃く滲んでいたが、自分に視線が集まっていると気付いた途端、舞奈はにっこりと大口を開けて笑った。

「決勝レース、初ゴールです！」

「やったね舞奈ちゃん、凄いよ」

「挫《くじ》けなかったのは素直に偉い」

先輩二人から賞賛を浴び、舞奈が得意げに胸を張る。そのやりとりを眺めていた亜美が「甘やかしすぎでしょ」と呆《あき》れたように肩を竦めた。

＊＊＊

女子カヌースプリント・カヤックペア（５００ｍ）決勝

第一位　ながとろ高等学校　鶴見・湧別　１分52秒７９６
第二位　越井戸高等学校　宍戸・杉原　２分01秒１６２
第三位　越井戸高等学校　佐藤・園田　２分05秒３６４
第四位　ながとろ高等学校　黒部・天神　２分06秒０９３
第五位　雨城高等学校　石田・田中　２分20秒６８２
第六位　越井戸高等学校　岩倉・塚本　２分27秒２８４
第七位　越井戸高等学校　常和・代々木　２分38秒４６７
第八位　越井戸高等学校　八幡・若井　２分45秒５０８

＊＊＊

「――つまり、三位以内に入れなかったのが悔しいんです！　私も先輩たちと一緒に関東大会に出場したかったのに」

キャンキャンと叫ぶ舞奈の声が、真後ろから飛んでくる。相槌《あいづち》を打つのは千帆に任せ、希衣はちゃぷちゃぷとパドルの表面で水を撫《な》でた。

ＷＫ－２の決勝レースを終えてから舞奈はずっとこうだ。興奮が抜けきらないらしく、何度もパドルの先端で水面を叩いている。次へと繋《つな》がる大会に舞奈が出場するのはこれが初めてだ、悔しさもひとしおなのかもしれない。

黒々とした水面では、先ほどからライムミントの影が蠢《うごめ》いている。全長十メートルを超えるフォア艇の色が映り込んだものだ。四つのコックピットには前から順に、恵梨香、希衣、舞奈、千帆が座っている。それぞれの空間は区切られており、希衣が力一杯踏み込んでも恵梨香に足が当たることはない。ただ、衝撃は艇全体に伝わるが。

「去年のことを考えたら大進歩だよ。私、舞奈ちゃんと一緒にレースに参加出来て本当に楽しかったもん」

「千帆先輩！」

感無量とばかりに腕を振る舞奈のシルエットが、水面にバッチリ映っている。ゴトゴトと艇が揺れたのを感じ、「暴れないように」と希衣は素早く釘《くぎ》を刺した。

「とりあえず、今回の目標は三位以内入賞。新人大会の時は沈《ちん》しちゃったから、確実にゴールすることを考えて」

「はい！」

「特に黒部《くろべ》さん、バランスを崩してもパニックにならないようにね。夏に比べて確実に成長してるんだから、焦《あせ》らないように。普段通りの実力を出せばそれだけで結果は出せるはず」

「希衣先輩、もしかして褒めてくれてます？」

「希衣はいつも舞奈ちゃんのことを褒めてるよ。舞奈ちゃんは初心者なのに頑張ってて偉いなぁって」

「そんなこと言った記憶ないけど」

「わーい、希衣先輩に褒められてる！」

「だから言ってないって」

くふくふと笑う千帆の声が前方のコックピットにまで聞こえてくる。「揶揄《からか》われてますね」と先頭の恵梨香が可笑《おか》しさを含んだ声で言った。

「まーたながとろはワチャワチャして！」

スタンバイスペースに辿り着いた途端、亜美の乗る越井戸高校の艇に絡《から》まれた。今回、ＷＫ-４に参加しているのは越井戸高校の三艇とながとろ高校の一艇、雨城高校の一艇だ。

レモンイエローの艇を滑らかに操作し、亜美がこちらへ近付いて来る。越井戸高校の部員は新人から経験者まで幅広く、実力の上から順にチームを組んでいくらしい。

　カヌー部は都道府県によって人口が全く違うため、地域によってはフォアを組めるだけの人数がいる学校が無かったりもする。インターハイのフォア部門の参加チームが四十七以下なのはそれが理由だ。

「別にワチャワチャしてないっての」

「シングルとペアでは一位を取られたけど、フォアは越井戸が枠をもらいますからね。余裕こいてられるのも今のうちよ」

「ハイハイ。別に余裕だなんて思ってないけどね」

　カヌーで最も怖いのは失格になることだ。どれだけの実力者だろうと、スタート後に沈してしまえば失格者として一括《ひとくく》りにされる。

　いくらカヌースプリントがフラットウォーターの競技といっても、会場となる場所は川や湖だ。水量や流れの速さ、さらには風など、自然相手だとどこまで対策しようとも十分すぎることはない。

　わいわいと騒がしかった周囲も、レースの開始時刻が近付くにつれて緊張感が高まって来る。アナウンスの指示に従い、五つの艇がそれぞれの配置につく。

「これが今日最後のレースですね」と真後ろにいる舞奈が囁《ささや》くように言った。

「黒部さん、カヌーは楽しい？」

「勿論楽しいですよ！　一〇〇パーセント楽しいって感じです。突然どうしたんですか？」

「いや、なんとなく。黒部さんがそうやって言い切るのを聞きたかったのかも」

「希衣先輩はどうですか？　カヌー、楽しいです？」

あまりにも無邪気な声に、一瞬だけ息が詰まる。膝《ひざ》の上に置いていたパドルの棒部分――シャフトを握り込み、希衣はすぐ前に座る恵梨香の背中に目を向けた。ユニフォームである揃いのシャツに包まれた肉体は、布の上からでも筋肉の輪郭がぼんやりと見て取れる。

「黒部さんみたいに一〇〇パーセント楽しいとは言えないな。むしろ、苦しいことばっかりだし。毎回思うよ、なんでこんな苦しい思いをしなきゃなんないんだろって」

「ええ！」

露骨にショックを受ける舞奈の、その素直さが好ましいと思う。ふふ、と恵梨香の笑いの混じる吐息が希衣にだけは聞こえていた。

「でも、苦しさがあるからこそ気持ちいいことってあるよね」

「……やっぱり、鶴見先輩はＭなんですか？」

口を挟んできた恵梨香に、「やっぱりって何」と咄嗟に言い返す。最後尾に座っている千帆がブフッと盛大に噴き出した。

「もしかして湧別さん、前に私が『Ｍ』って言ったこと根に持ってたりする？　一年経《た》ったら時効じゃない？」

「持ってないですけど、いつか言いたいとは思ってました。鶴見先輩みたいに冗談の言える人間になりたくて」

「うーん、いつの間にか湧別さんの人間度も上がってたんだね」

「恵梨香は初めから、正真正銘人間です！」

「だから、ごちゃごちゃうるさいのよアンタら！」

収拾のつかなくなった会話を終わらせてくれたのは、隣のレーンから飛んできた亜美の鋭いツッコミの声だった。「ごめんなさーい」と謝罪する舞奈に、前に座る恵梨香が肩を震わせて笑っている。

「各艇は発艇線についてください」

響き渡るアナウンスの声に、部員達は一気に表情を引き締めた。五つの艇がきちんと横一線に並ぶよう、恵梨香が目視で調整している。

ストップ、もう少し前へ、もう少し後ろへ。何度も繰り返された指示がようやく止んだ頃には数分が経過していた。スタートの合図を聞き漏らさぬよう、誰もが耳に意識を集中させていた。

しん、と静寂が場を包む。それを打ち破る、けたたましいスタート合図の音。

「Ready set go!」

せーの、と希衣は残り三人に掛け声を送る。最初にパドルを動かすのは右から、そうながとろでは決めていた。

ピタリと揃った四人分のパドルが力強く水を掻く。先頭の恵梨香が生み出す水流に乗って、希衣のパドルが後方へと水を送り出す。

恵梨香と漕ぐカヌーはとにかく気持ちいい。ペアでも、フォアでも。力強いパドリングが艇を一気に加速させる。自分で言うのもなんだが、希衣と恵梨香の息はピッタリだという自負がある。伊達《だて》に一年間ペアを組んで来たわけではない。問題なのは、後ろの二人だ。

右、左、右、左。パドルを動かしながら、希衣は後ろの様子に気を配る。フォアで最も重要なのが、選手全員の息を揃えることだ。パドルの動きが揃っていると抵抗が少なくなり、足を動かすタイミングが揃っていると艇に力が伝わりやすくなる。

一方、その逆は最悪だ。パドルの動きがバラバラだと、どれだけ力を込めようと艇は上手く前進しない。それぞれの力が違う方向に逃げてしまうせいで空回りしてしまうのだ。

二番目に座る希衣は、後方の二人の姿を見ることはできない。出来ることはただ一つ、合わせてくれると信じるだけ。

「残り三〇〇！」

「はい」

周囲の様子を見て、加速のタイミングなどを伝えるのは希衣の役目だった。レース前にあれだけ大口を叩いただけあって、亜美が率いる艇は残り三艇よりもずっと速い。ライムミントとレモンイエローの艇首が抜きつ抜かれつを繰り返す。残り二〇〇メートルとなっても、その攻防に変化はなかった。

はぁ、はぁ。荒い呼吸音が、すぐ真後ろから聞こえている。体感的に、希衣と恵梨香にはまだまだ余力があった。これがペアであれば加速しようという判断を下していただろう。だが、舞奈の体力は既に限界に近い。

ながとろのフォアチームは、四人の実力に大きな違いがある。上に合わせなければと舞奈が無理をした結果が、去年の新人大会での落水だった。

「残り二〇〇！　黒部さん、まだいける？」

「いけます！」

返事だけは頼もしい。だが、その腕の動きはスタート時に比べて既に遅くなっている。ばらつくパドルの感覚が気持ち悪い。水を掻いても掻いても、空《くう》を摑《つか》むような心地がする。

「湧別さん、ペース落として」

「もう落としてます！」

「あと一割ぐらい」

「自分のペースで漕がないのって気持ち悪いです」

そう言いながらも、恵梨香はパドリングのペースを減速させた。一人だけ乱れていた舞奈のパドルの動きが、徐々に残り三人と同じに揃っていく。

「いいよ、残り一〇〇！」

「いっけー、越井戸！」

隣り合う二校の声が重なり合う。恵梨香が舌打ちし、踏み込む力を強くした。カバーの下に隠されている足の動きは、カヌーに乗っている間は目視することが出来ない。それを合わせるには、艇の振動に感覚を澄まして摑むしかない。

「残り五〇！」

恵梨香の背中のせいで、艇の先端が明確に見られないのがもどかしい。それでも、二つの艇に差は大してついていないはずだ。額から滲んだ汗が垂れ、希衣の視界の邪魔をする。ピリリとした痛みが眼球の表面に走り、希衣は咄嗟に目を瞑《つぶ》った。薄暗い闇《やみ》の中で、パドルが水を掻く音がよく聞こえた。前からも後ろからも、激しい息遣いが漏れている。

自分たちは今、四人で一つの艇を漕いでいる。

「勝つぞ、ながとろ！」

そう叫んだのは、希衣ではなく舞奈だった。水面に響き渡った声に、三人分の「オーッ」が重なる。応じたのは反射だった。何かを考えるより先に、口が勝手に動いていた。

「ゴーォォル！」

隣から聞こえた亜美の声に、希衣は汗が染《し》みる目を開けた。艇はとっくにゴールラインを越えており、恵梨香はパドルを動かす手を止め、不安げにこちらを振り返った。

「今の、どっちが勝ちました？」

「ゴメン、見てなかった」

「なんで見てなかったんですか」

「いや、先頭の湧別さんが見るべきでしょ」

「分からなかったんです！　接戦だったので」

「ながとろじゃないですか？」と舞奈が言い、「越井戸かもね」と千帆が唸《うな》る。

しばらくの間、沈黙が続いた。

希衣はパドルを握り締めたまま、ゴクンと音を立てて唾《つば》を呑み込んだ。一位だろうが二位だろうが、関東大会の出場権は得た。目標の三位以内には入っている。

だが、どうせならば一位がいい。四人で、一位になりたい。インハイに出たい。

カラカラになった口内の渇きを誤魔化そうと、希衣は軽く自分の舌を噛《か》む。ドキドキと心臓の鼓動がうるさかった。

「希衣、」

すぐ隣のレーンを漕いでいた越井戸高校の艇が、ながとろの艇のすぐ隣に止まる。コックピットの先頭に座る亜美と目が合い、希衣は返事の代わりに軽く頷《うなず》いた。喉につっかえて声が上手く出てこなかった。

濡れた額を腕で拭い、亜美は言った。

「ながとろの勝ちだよ」

その瞬間、後ろから盛大な歓声が上がった。興奮を抑えきれなかったのか、舞奈が身を乗り出そうとする。大きく揺れた艇に、「待て待て待て」と思わず希衣は制止の声を上げた。

パドルを振り回し始めた舞奈が、慌てて体勢を立て直す。

「す、すみません。我慢できなくなっちゃいました」

「気持ちは分かる。やったね、黒部さん」

「はい！」

しがみつきたくなる気持ちを堪《こら》えているのか、舞奈が腕を伸ばして希衣の背中をトンと叩いた。「やったぁ」と後方から千帆の無邪気な喜びの声も聞こえる。そんな風な彼女の声を聞いたのは、随分と久しぶりだった。

「マジでながとろが全種目一位かあ。やばくない？」

パドルを下ろし、亜美が感心と驚嘆と悔しさを織り交ぜた声を漏らす。

「本当にヤバいよね」と希衣もつい他人事《ひとごと》のように応じてしまった。冷静に考えると、とんでもない偉業だ。二年前にカヌー部を発足した時からは考えられない。

「こんなところで満足してちゃダメですよ」

それまで黙っていた恵梨香が、不意にこちらを振り返る。黒髪の隙間《すきま》から覗く力強い眼差《まなざ》しが喜びに浸っていた三人を射抜いた。

パドルを太陽に向かって掲げ、恵梨香は得意げに口を開く。そのブレードの先端から、煌《きら》めく雫《しずく》が滴《したた》り落ちた。

「勝ちますよ、インターハイ！　この四人で！」

監修　江盛咲子さん（一般社団法人カヌーホーム）

協力　尾野藤直樹さん（一般社団法人カヌーホーム）

同志社大学体育会カヌー部の皆さん

會田浩二先生

佐々木舞さん

荒井里奈さん

日本カヌー連盟

本書は、yom yom 2021年2月号、2021年4月号に連載されたものに
書き下ろしを加えた文庫オリジナル作品である。

イラスト　おとないちあき
デザイン　川谷康久（川谷デザイン）

君《きみ》と漕《こ》ぐ4
ながとろ高校カヌー部の栄光

新潮文庫　た－126－4

令和三年九月一日発行

著者　武《たけ》田《だ》綾《あや》乃《の》
発行者　佐藤隆信
発行所　株式会社新潮社
郵便番号　一六二―八七一一
東京都新宿区矢来町七一
電話　編集部（〇三）三二六六―五四四〇
　　　読者係（〇三）三二六六―五一一一
https://www.shinchosha.co.jp

価格はカバーに表示してあります。

乱丁・落丁本は、ご面倒ですが小社読者係宛ご送付ください。送料小社負担にてお取替えいたします。

印刷・錦明印刷株式会社　製本・錦明印刷株式会社

ISBN978-4-10-180224-4　C0193